紅樓夢第七十六回

凸碧堂品笛感淒清　凹晶館聯詩悲寂寞

話說賈赦賈政帶領賈珍等散去不題且說賈母這裡命將圍屏撤去兩席併作一席眾媳婦另行擦桌整菓更杯洗箸陳設一番賈母等都添了衣盥漱吃茶方又坐下團團圍繞賈母看時寶釵姊妹二人不在坐內知他家去圓月且李紈鳳姐二人又病少了這四個人便覺冷清了好些賈母因笑道往年你老爺們不在家咱們都是請過姨太太來大家賞月却十分熱鬧忽一時想起你老爺來又不免想到母子夫妻兒女不能一處也都沒興及至今年你老爺來了正該大家團圓取請他們娘兒們來說笑說笑況且他們今年又添了兩口人也難撂下他們跑到這裡來偏又把鳳丫頭病了有他一個人說說笑笑還抵得十個人的空兒可見天下事總難十全說畢不覺長嘆一聲隨命拿大杯來斟熱酒王夫人笑道今日得母子團圓自比往年有趣往年娘兒們雖多終不似今年骨肉齊全的好賈母笑道正是為此所以我纔高興拿大杯來吃酒你們也換大杯纔是邢夫人等只得換上大杯來因夜深體乏且不能勝酒未免都有些倦意無奈賈母興猶未闌只得陪飲賈母又命將毡毯鋪在堦上命將月餅西瓜菓品等類都叫搬下去令丫頭媳婦們也都團團圍坐賞月賈母因見月至天中比先

越發精彩可愛因說如此好月不可不聞笛因命又將十番上
女子傳來賈母道音樂多了反失雅致只用吹笛的遠遠的吹
起來就彀了說畢剛纔去吹時只見跟邢夫人的媳婦走來向
邢夫人說了兩句話賈母便問什麼事邢夫人便回說方纔大
老爺出去被石頭絆了一下歪了腿賈母聽說忙命兩個婆子
快看去又命邢夫人快去邢夫人遂告辭起身賈母便又說珍
哥媳婦也趁便兒就家去罷我也就睡了尤氏笑道我今日不
回去了定要和老祖宗吃一夜賈母笑道使不得你們小兩口
兒今夜要團團圓圓的如何爲我擔擱了尤氏紅了臉笑道老
祖宗說的我們太不堪了雖是我們年輕已經是二十來年的

夫妻也奔四十歲的人了况且孝服未滿陪着老太太頑一夜
是正理賈母聽說笑道這話狠是我倒也忘了孝未滿可憐你
公公已死了二年多了可是我倒忘了該罰我一大杯既這樣
你就別送竟陪着我罷叫蓉兒媳婦送去就順便回去罷尤氏
說給賈蓉媳婦答應着送出邢夫人一同至大門各自上車回
去不在話下這裏衆人賞了一回桂花又入席換煖酒來正說
着閑話猛不防那壁裡桂花樹下嗚咽悠揚吹出笛聲來趁着
這明月淸風天空地靜真令人煩心頓釋萬慮齊除肅然危坐
默然相賞聽約兩盞茶時方纔止住大家稱賛不已於是遂又
斟上煖酒來賈母笑道果然好聽麼衆人笑道實在好聽我們

也想不到這樣須得老太太帶領着我們也得開些心兒賈母道這還不大好須得揀那曲譜越慢的吹來越好聽便命斟一大杯酒送給吹笛之人慢慢的吃了再細細的吹一套來媳婦們答應了方送去只見方纔看賈赦的兩個婆子回來說瞧了右脚面上白腫了些如今調服了藥疼的好些了也沒大關係賈母點頭嘆道我也太操心打緊說我偏心我反這樣說着鴛鴦拿巾兜與大斗蓬來說夜深了恐露水下了風吹了頭坐坐也該歇了賈母道偏今兒高興你又來催難道我醉了不成偏要坐到天亮因命再斟來一面戴上兜巾披了斗蓬大家陪着又飲說些笑話只聽桂花陰裡又發出一縷笛音來果然比先

越發淒涼大家都寂然而坐夜靜月明眾人不禁傷感忙轉身陪笑說話解釋又命換酒止笛尤氏笑說道我也就學了一個笑話說給老太太解悶兒賈母勉強笑道這樣更好快說來我聽尤氏乃說道一家子養了四個兒子大兒子只一個眼睛二兒子只一個耳朶三兒子只一個鼻子眼四兒子到都齊全偏又是個啞吧正說到這裡只見席上賈母已朦朧雙眼似有睡去之態尤氏方住了忙和王夫人輕輕叫請賈母睜眼笑道我不困白閉閉眼養神你們只管說我聽着呢王夫人等道夜已深了風露也大請老太太安歇罷了明日再賞十六月色也好賈母道什麼時候王夫人笑道已交四更他們姊妹們熬不過

都去睡了賈母聽說細看了一看果然都散了只有探春一人在此賈母笑道也罷你們也熬不慣况且弱的弱病的病去了倒省心只是三丫頭可憐尚還等着你也去罷我們散了說着便起身吃了一口清茶便坐竹椅小轎兩個婆子搭起衆人圍隨出園去了不在話下這裡衆媳婦收什盃盤却少了個細茶盃各處尋覓不見又問衆人必是失手打了撂在那裡告訴我拿了磁瓦去交好作証見不然又說偷起來了衆人都說没有打碎只怕跟姑娘的人打了也未可知你細想想或問問他們去一語提醒了那媳婦笑道是了那一會記得是翠縷拿着的我去問他說着便找時剛到了甬道就遇見紫鵑和翠縷來了

翠縷便問道老太太散了可知我們姑娘那裡去了這媳婦道我來問你一個茶鍾那裡去了你倒問我要姑娘翠縷笑道我因倒茶給姑娘喝來着展眼回頭連姑娘也没了那媳婦道太太纔說都睡覺去了你不知那裡頑去了還不知道呢翠縷和紫鵑道斷乎没有悄悄兒睡去的只怕在那裡走了一走如今老太太走了赶過前邊送去也未可知我們且往前邊找去有了姑娘自然你的茶鍾也有了你明日一早再找能有什麽忙的媳婦笑道有了下落就不必忙了明兒和你要罷說畢回去查收傢伙這裡紫鵑和翠縷便往賈母處來不在話下原來黛玉和湘雲二人並未去睡只因黛玉見賈府中許多人賞月賈

母猶嘆人少又想寶釵姐妹家去母女弟兄自去賞月不覺對景感懷自去倚欄垂淚寶玉近因晴雯病勢甚重諸務無心王夫人再四遣他去睡他從此去了探春又因近日家事惱著無心遊玩雖有迎春惜春二人偏又素日不大甚合所以只剩湘雲一人寬慰他因說你是個明白人還不自已保養可恨寶姐姐琴妹妹天天說親道熱早已說今年中秋要大家一處賞月必要起詩社大家聯句到今日便扔下偺們自已賞月去了社也散了詩也不做了倒是他們父子叔侄縱橫起來你可知宋太祖說的好臥榻之側豈容他人酣睡他們不來偺們兩個竟聯起句來明日羞他們一羞黛玉見他這般勸慰也不肯負他

的豪興因笑道你看這裡這等人聲嘈雜有何詩興湘雲笑道這上山賞月雖好總不及近水賞月更妙你知道這山坡底下就是池沿山凹裡近水一個所在就是凹晶館可知當日蓋這園子就有學問這山之高處就叫凸碧山之低窪近水處就叫凹晶這凸凹二字歷來用的人最少如今直用作軒館之名更覺新鮮不落窠臼可知這兩處一上一下一明一暗一高一矮一山一水竟是特因玩月而設此處有愛那山高月小的便往這裡來有愛那皓月清波的便往那裡去只是這兩個字俗念作窪拱二音便說俗了不大見用只陸放翁用了一個凹字古硯微凹聚墨多還有人批他俗豈不可笑黛玉道也不祇放翁

纔用古人中用者太多如青苔賦東方朔神異經以致畫記上
云張僧繇畫一乘寺的故事不可勝舉只是今日不知悞作俗
字用了實和你說罷這兩個字還是我擬的呢因那年試寶玉
寶玉擬了不妥我們擬寫出來送給大姐姐瞧了他又帶出來
命給舅舅瞧過所以都用了如今咱們就往凹晶館去說着二
人同下山坡只一轉灣就是池沿上一帶竹欄相接直通着那
邊藕香榭的路徑只有兩個婆子上夜因知在凸碧山庄賞月
與他們無干早已息燈睡了黛玉湘雲見息了燈都笑道倒是
他們睡了好咱們就在捲篷底下賞這水月何如二人遂在兩
個竹墩上坐下只見天上一輪皓月池中一個月影上下爭輝
如值身於晶宮鮫室之內微風一過粼粼然池面皺碧叠紋真

令人神清氣爽湘雲笑道怎麽得這會子上船吃酒纔好要是
在我家裡我就立刻坐船了黛玉道正是古人常說的事若求
全何所樂據我說這也罷了何必偏要坐船湘雲笑道得隴望
蜀人之常情正說間只聽笛韻悠揚起來黛玉笑道今日老太
太太高興這笛子吹的有趣倒是助咱們的興趣了咱們兩
個都愛五言就還是五言排律罷湘雲道什麽韻黛玉笑道咱
們數這個欄杆上的直棍這頭到那頭爲止他是第幾根就是
第幾韻湘雲笑道這倒别致於是二人起身便從頭數至盡頭
止得十三根湘雲道偏又是十三元了這個韻可用的少作排

律只怕牽强不能壓韻呢少不得你先起一句罷了黛玉笑道倒要試試偺們誰强誰弱只是沒有紙筆記湘雲道明兒再寫只怕這一點聰明兒還有黛玉道我先起一句現成的俗話罷因念道

三五中秋夕

湘雲想了一想道

清遊擬上元　撒天箕斗燦

黛玉笑道

匝地管絃繁　幾處狂飛盞

湘雲笑道這一句幾處狂飛盞有些意思這倒要對得好呢想了一想笑道

誰家不啟軒　輕寒風剪剪

黛玉道好對比我的却好只是這句又說俗話了就該加勁說了去纔是湘雲笑道詩多韻險也要鋪陳些纔是縱有好的且留在後頭黛玉笑道到後頭沒有好的我看你羞不羞因聯道

良夜景暄暄　爭餅嘲黃髮

湘雲笑道這句不好杜撰用俗事來難我了黛玉笑道我說你不曾見過書呢吃餅是舊典唐書唐志你看了來再說湘雲笑道這也難不倒我也有了因聯道

分瓜笑綠媛　香新榮玉桂

黛玉道這可實實是你的杜撰了湘雲笑道明日偺們對查了
出來大家看看這會子別耽擱了工夫黛玉笑道雖如此下句也
不好不犯又用玉桂金蘭等字樣來塞責因聯道

色健茂金萱　蠟燭輝瓊宴

湘雲笑道金萱二字便宜了你省了多少力這樣現成的韻被
你得了只不犯着替他們頌聖去況且下句你也是塞責了黛
玉笑道你不說玉桂我難道強對個金萱能再也要鋪陳些富
麗方是即景之實事湘雲只得又聯道

觥籌亂綺園　分曹尊一令

黛玉笑道下句好只難對些因想了一想聯道

射覆聽三宣　骰彩紅成點

湘雲笑道三宣有趣竟化俗成雅了只是下句又說上骰子少
不得聯道

傳花鼓濫喧　晴光搖院宇

黛玉笑道對得却好下句又溜了只管拿些風月來塞責嗎湘
雲道究竟沒說到月上也要點綴點綴方不落題黛玉道且姑
存之明日再斟酌因聯道

素彩接乾坤　賞罰無賓主

湘雲道又到說他們做什麼不如說咱們因聯道

吟詩序仲昆　搆思時倚檻

黛玉道這可以入上你我了因聯道

擬句或依門　酒盡情猶在

湘雲說道這時候了乃聯道

更殘樂已諼　漸聞語笑寂

黛玉道說這時候可知一步難似一步了因聯道

空剩雪霜痕　堦露團朝菌

湘雲道這一句怎麽叶韻讓我想想因起身負手想了一想笑道彀了幸而想出一個字來不然幾乎敗了因聯道

庭烟歛夕棔　秋湍瀉石髓

黛玉聽了不禁也起身叫妙說這促狹鬼果然留下好的這會

子方說棔字虧你想得出湘雲道幸而昨日看歷朝文選見了這個字我不知是何樹因要查一查寶姐姐說不用查這就是如今俗叫做朝開夜合的我信不及到底查了一查果然不錯看來寶姐姐知道的竟多黛玉笑道棔字用在此時更恰也還罷了只是秋湍一句虧你好想只這一句別的都要抹倒我少不得打起精神來對這一句只是再不能似這一句了因想了又想方對道

風葉聚雲根　寶婺情孤潔

湘雲道這對得也還好只是這一句你也溜了幸而是景中情不單用寶婺來塞責因聯道

銀蟾氣吐吞　藥催靈兎搗
黛玉不語點頭半日遂念道
人向廣寒奔　犯斗邀牛女
湘雲也望月點首聯道
乘槎訪帝孫　盈虛輪莫定
黛玉道對句不好合掌下句推開一步倒還是急脉緩受法因
又聯道
晦朔魄空存　壺漏聲將涸
湘雲方欲聯時黛玉指池中黑影與湘雲看道你看那河裡怎
麼像個人到黑影裡去了敢是個鬼湘雲笑道可是又見鬼了

我是不怕鬼的等我打他一下因彎腰拾了一塊小石片向那
池中打去只聽打得水响一個大圓圈將月影激蕩散而復聚
者幾次只聽那黑影裡嘎的一聲却飛起一個白鶴來直往藕
香榭去了黛玉笑道原是他猛然想不到反嚇了一跳湘雲笑
道正是這個鶴有趣倒助了我了因聯道
牕燈焰已昏　寒塘渡鶴影
黛玉聽了又叫好又跺足說了不得了這鶴真是助他的了這
一句更比秋湍不同叫我對什麼纔好影字只有一個魂字可
對況且寒塘渡鶴何等自然何等現成何等有景且又新鮮我
竟要擱筆了湘雲笑道大家細想就有了不然就放著明日再

聯也可黛玉只看天不理他半日猛然笑道你不必撈嘴我也有了你聽聽因對道

冷月葬詩魂

湘雲拍手贊道果然好極非此不能對好個葬詩魂因又嘆道詩固新奇只是太頹喪了些你現病着不該作此過于淒清奇譎之語黛玉笑道不如此如何壓倒你只為用工在這一句了一語未了只見欄外山石後轉出一個人來笑道好詩好詩果然太悲凉了不必再往下做若底下只這樣去反不顯這兩句了倒弄的堆砌牽強二人不防倒嚇了一跳細看時不是別人却是妙玉二人皆詫異因問你如何到了這裡妙玉笑道我聽

見你們大家賞月又吹得好笛我也出來玩賞這清池皓月順脚走到這裡忽聽見你們兩個吟詩更覺清雅異常故此就聽住了只是方纔我聽見這一首中有幾句雖好只是過於頹敗淒楚此亦關人之氣數所以我出來止住你們如今老太太都早已散了滿園的人想俱已睡熟了你兩個的丫頭還不知在那裡找你們呢你們也不怕冷了快同我來到我那裡去吃杯茶只怕就天亮了黛玉笑道誰知道就這個時候了三人遂一同來至櫳翠菴中只見龕焰猶青爐香未燼幾個老道婆也都睡了只有小丫頭在蒲團上垂頭打盹妙玉喚起來現烹茶忽聽扣門之聲小丫嬛忙開門看時却是紫鵑翠縷和幾個老嬤

嬷來找他姊妹兩個進來見他們正吃茶因都笑道叫我們好找一個園子裡走遍了連姨太太那裡都找到了那小亭裡找時可巧那裡上夜的正睡醒了我們問他們他們說方纔亭外頭棚下兩個人說話後來又添了一個人聽見說大家往菴裡去我們就知道這裡來了妙玉忙命丫鬟引他們到那邊去坐着歇息吃茶自取了筆硯紙墨出來將方纔的詩命他二人念着遂從頭寫出來黛玉見他今日十分高興便笑道從來沒見你這樣高興我也不敢唐突請教這還可以見教否若不堪時便就燒了若或可改即請改正改正妙玉笑道也不敢妄評只是這纔有二十二韻我意思想着你二位警句已出再續時

倒恐後力不加我竟要續貂又恐有玷黛玉從沒見妙玉做過詩今見他高興如此忙說果然如此我們雖不好亦可以帶好了妙玉道如今收結到底還歸到本來面目上去若只管丟了真情真事且去搜奇檢怪一則失了偺們的閨閣面目二則也與題目無涉了林史二人皆道極是妙玉提筆微吟一揮而就遞與他二人道休要見笑依我不必如此方番轉過來雖前頭有淒楚之句亦無甚礙了二人接了看時只見他續道

香篆銷金鼎　冰脂膩玉盆

簫憎嫠婦泣　衾倩侍兒溫

空帳悲金鳳　閒屏設彩鴛

露濃苔更滑。霜重竹難捫。
猶步縈紆沼。還登寂歷原。
石奇神鬼縛。木怪虎狼蹲。
贔屭朝光透。罘罳曉露屯。
振林千樹鳥。啼谷一聲猿。
歧熟焉忘徑。泉知不問源。
鐘鳴櫳翠寺。鷄唱稻香村。
有興悲何極。無愁意豈煩。
芳情只自遣。雅趣向誰言。
徹旦休云倦。烹茶更細論。

後書右中秋夜大觀園即景聯句三十五韻黛玉湘雲二人稱賛不已說可見咱們天天是捨近求遠現有這樣詩人在此却天天去紙上談兵妙玉笑道明日再潤色此時已天明了到底也歇息歇息纔是林史二人聽說便起身告辭帶領了丫鬟出來妙玉送至門外看他們去遠方掩門進來不在話下這裡翠縷向湘雲道大奶奶那裡還有人等着咱們睡去呢如今還是那裡去好湘雲笑道你順路告訴他們叫他們睡罷我這一去未免驚動病人不如鬧林姑娘去罷說着大家走至瀟湘館中有一半人已睡去二人進去了卸粧寬衣盥洗已畢方上床安歇紫鵑放下綃帳移燈掩門出去誰知湘雲有擇席之病雖在

枕上只是睡不着黛玉又是個心血不足常常不眠的今日又錯過困頭自然也是睡不著二人在枕上翻來覆去黛玉因問道怎麽還睡不着湘雲微笑道我有個擇席的病况且走了困只好躺躺兒罷你怎麽也睡不着黛玉嘆道我這睡不著也並非一日了大約一年之中通共也只好睡十夜滿足的覺湘雲道你這病就怪不得了要知端底下回分解

紅樓夢第七十六回終

紅樓夢第七十七回

俏丫鬟抱屈夭風流　美優伶斬情歸水月

話說王夫人見中秋已過鳳姐病也比先減了雖未大愈然亦可以出入行走得了仍命大夫每日診脉服藥又開了丸藥方來配調經養榮丸因用上等人參二兩王夫人取時翻尋了半日只向小匣內尋了幾枝簪挺粗細的王夫人看了嫌不好命再找去又找了一大包鬚沫出來王夫人焦燥道用不着偏有但用著了再找不着成日家我叫你們查一查都歸攏一處你們白不聽就隨手混撂彩雲道想是沒了就只有這個上次那邊的太太來尋了去了王夫人道沒有的話你再細找找彩雲只得又去找尋拿了幾包藥材來說我們不認的這個請太太

自看除了這個沒有了王夫人打開看時也都忘了不知都是什麼並沒有一支人參因一面遣人去問鳳姐有無鳳姐來說也只有些參膏蘆鬚雖有幾根也不是上好的每日還要煎藥裡用呢王夫人聽了只得向邢夫人那裡問去說因上次沒了纔往這裡來尋早已用完了王夫人沒法只得親身過來請問賈母賈母忙命鴛鴦取出當日餘的來竟還有一大包皆有手指頭粗細不等遂秤了二兩給王夫人王夫人出來交給周瑞家的拿去令小廝送與醫生家去又命將那幾包不能辨的藥也帶了去命醫生認了各包號上一時周瑞家的又拿進來說

這幾樣都各包號上名字了但那一包人參固然是上好的只是年代太陳這東西比別的却不同憑是怎麽好的只過一百年後就自已成了灰了如今這個雖未成灰然已成了糟朽爛木也沒有力量的了請太太收了這個倒不拘粗細多少再換些新的纔好王夫人聽了低頭不語半日纔說這可沒法了只好去買二兩來罷也無心看那些只命都收了罷因問周瑞家的你就去說給外頭人們揀好的換二兩來倘或一時老太太問你們只說用的是老太太的不必多說周瑞家的方纔要去時寶釵因在坐乃笑道姨娘且住如今外頭人參都沒有好的雖有全枝他們也必截做兩三段鑲嵌上蘆泡鬚枝攙匀了好

賣看不得粗細我們鋪子裡常和行裡交易如今我去和媽媽說了哥哥去托個夥計過去和參行裡要他二兩原枝來不妨偺們多使幾兩銀子到底得了好的王夫人笑道倒是你明白但只還得你親自走一趟纔能明白於是寶釵去了半日回來說已遣人去赶晚就有回信明日一早去配也不遲王夫人自是喜悅因說道賣油的娘子水梳頭自來家裡有的給人多少這會子輪到自已用反倒各處尋去說畢長嘆寶釵笑道這東西雖然值錢總不過是藥原該濟衆散人纔是偺們比不得那沒見世面的人家得了這個就珍藏密斂的王夫人點頭道你這話也是一時寶釵去後因見無別人在室遂喚周瑞家的問

前日園中搜檢的事情可得下落周瑞家的是已和鳳姐商議停妥一字不隱遂回明王夫人王夫人吃了一驚想到司棋係迎春丫頭乃係那邊的人只得令人去回邢氏周瑞家的回道前日那邊太太嗔着王善保家的多事打了幾個嘴巴子如今他也裝病在家不肯出頭了況且又是他外孫女兒自已打了嘴他只好粧個忘了日久平服了再說如今我們過去回時恐怕又多心倒像偺們多事是的不如直把司棋帶過去一並連贓証與那邊太太瞧了不過打一頓配了人再指個丫頭來豈不省事如今白告訴去那邊太太再推三阻四的又說既這樣你太太就該料理又來說什麼呢豈不倒耽擱了倘或那丫頭

瞅空兒尋了死反不好了如今看了兩三天都有些偷懶倘一時不到豈不倒弄出事來王夫人想了一想說這也倒是快辦了這一件再辦偺們家的那些妖精周瑞家的聽說會齊了那邊幾個媳婦先到迎春房裡回明迎春迎春聽了含淚似有不捨之意因前夜之事丫頭們悄悄說了原故雖數年之情難捨但事關風化亦無可如何了那司棋也曾求了迎春實指望能救只是迎春語言遲慢耳軟心活是不能作主的司棋見了這般知不能免因跪着哭道姑娘好狠心哄了我這兩日如今怎麼連一句話也沒有周瑞家的說道你還要姑娘留你不成便留下你也難見園裡的人了依我們的好話快快收了這樣子

倒是人不知鬼不覺的去罷大家體面些迎春手裡拿着一本書正看呢聽了這話書也不看話也不答只管扭着身子呆呆的坐着周瑞家的又催道這麽大女孩兒自己作的還不知道把姑娘都帶的不好了你還敢緊着纏磨他迎春聽了方發話道你瞧入畫也是幾年的怎麽說去就去了自然不止你兩個想這園裡凡大的都要去呢依我說將來總有一散不如各人去罷周瑞家的道所以到底是姑娘明白兒還有打發的人呢你放心罷司棋無法只得含淚給迎春磕頭和衆人告別又向迎春耳邊說好歹打聽我受罪替我說個情兒就是主僕一場迎春亦含淚答應放心于是周瑞家的等人帶了司棋出去

又有兩個婆子將司棋所有的東西都與他拿着走了沒幾步只見後頭綉橘赶來一面也擦着淚一面遞給司棋一個絹包說這是姑娘給你的主僕一場如今一旦分離這個給你做個念心兒罷司棋接了不覺更哭起來了又和綉橘哭了一回周瑞家的不耐煩只管催促二人只得散了司棋因又哭告道嬸子大娘們好歹畧徇個情兒如今且歇一歇讓我到相好姊妹跟前辭一辭也是這幾年我們相好一場周瑞家的等人皆各有事做這些事便是不得已了况且又深恨他們素日大樣如今那裡工夫聽他的話因冷笑道我勸你去罷別拉拉扯扯的了我們還有正經事呢誰是你一個衣胞裡爬出來的辭他們

做什麽你不過挨一會是一會難道筭了不成依我說快去罷一面說一面總不住脚直帶着出後角門去司棋無奈又不敢再說只得跟着出來可巧正值寶玉從外頭進來一見帶了司棋出去又見後面抱着許多東西料着此去再不能來了因聽見上夜的事並晴雯的病也因那日加重細問晴雯又不說是爲何今見司棋亦走不覺如喪魂魄因忙攔住問道那裡去周瑞家的等皆知寶玉素昔行爲又恐嘮叨誤事因笑道不干你事快念書去罷寶玉笑道姐姐們且站一站我有道理周瑞家的便道太太吩咐不許少捱時刻又有什麽道理我們只知道太太的話管不得許多司棋見了寶玉因拉住哭道他們做不得主好歹求求太太去寶玉不禁也傷心含淚說道我不知你做了什麽大事晴雯也氣病着如今你又要去了這却怎麽着好周瑞家的發躁向司棋道你如今不是副小姐了要不聽說我就打得你了別想往日有姑娘護着任你們作耗越說着還不好生走一個小爺見了面也拉拉扯扯的什麽意思那幾個婦人不由分說拉着司棋便出去了寶玉又恐他們去告舌恨的只瞪着他們看走遠了方指着恨道奇怪奇怪怎麽這些人只一嫁了漢子染了男人的氣味就這樣混賬起來比男人更可殺了守園門的婆子聽了也不禁好笑起來因問道這樣說凡女兒各各是好的了女人個個是壞的了寶玉發狠道不錯

不錯正說著只見幾個老婆子走來忙說道你們小心傳齊了伺候著此刻太太親自到園裡查人呢又吩咐快叫怡紅院晴雯姑娘的哥嫂來在這裡等着領出他妹子去因又笑道阿彌陀佛今日天睁了眼把這個禍害妖精退送了大家清凈些寶玉一聞得王夫人進來親查便料道晴雯也保不住了早飛也是的赶了去所以後來趣愿之話竟未聽見寶玉及到了怡紅院只見一羣人在那裡王夫人在屋裡坐著一臉怒色見寶玉也不理晴雯四五日水米不曾沾牙如今現打炕上拉下來蓬頭垢面的兩個女人攙架起來去了王夫人吩咐把他貼身的衣服撂出去餘者留下給好的丫頭們穿又命把這裡所有的

丫頭們都叫來一一過目原來王夫人惟怕丫頭們教壞了寶玉乃從襲人起以至于極小的粗活小丫頭們個個親自看了一遍因問誰是和寶玉一日的生日本人不敢答言老嬤嬤指道這一個蕙香又叫做四兒的是同寶玉一日生日的王夫人細看了一看雖比不上晴雯一半却有幾分水秀視其行止聰明皆露在外面且也打扮的不同王夫人冷笑道這也是個沒廉恥的貨他背地裡說的同日生日就是夫妻這可是你說的打諒我隔的遠都不知道呢可知我身子雖不大來我的心耳神意時時都在這裡難道我統共一個寶玉就白放心憑你們勾引壞了不成這個四兒見王夫人說着他素日和寶玉的私

語不禁紅了臉低頭垂淚王夫人即命也快把他家人叫來領出去配人又問那芳官呢芳官只得過來王夫人道唱戲的女孩子自然更是狐狸精了上次放你們你們又不願去可就該安分守己纔是你就成精鼓搗起來調唆寶玉無所不爲芳官等辯道並不敢調唆什麽了王夫人笑道你還強嘴你連你乾娘都壓倒了豈止別人因喝命喚他乾娘來領去就賞他外頭找個女婿罷他的東西一槩給他吩咐上年凡有姑娘分的唱戲女孩子們一槩不許留在園裏都令其各人乾娘帶出自行聘嫁一語傳出這些乾娘皆感恩趂願不盡都約齊給王夫人磕頭領去王夫人又滿屋裏搜檢寶玉之物凡略有眼生之物

一併命收倦起來拿到自己房裏去了因說這纔乾淨省得傍人口舌又吩咐襲人麝月等人你們小心往後再有一點分外之事我一槩不饒因叫人查看了今年不宜遷挪暫且挨過今年明年一並給我仍舊搬出去纔心淨說畢茶也不吃遂帶領衆人又往別處去閱人暫且說不到後文如今且說寶玉只道王夫人不過來搜檢搜檢無甚大事誰知竟這樣雷嗔電怒的來了所責之事皆係平日私語一字不爽料必不能挽回的雖心下恨不能一死但王夫人盛怒之際自不敢多言一直跟送王夫人到沁芳亭王夫人命回去好生念念那書仔細明兒問你纔已發下狠了寶玉聽如此說纔回來一路打算雖這樣犯

舌況這裡事也無人知道如何就都說著了一面想一面進來只見襲人在那裡垂淚且去了第一等的人豈不傷心便倒在床上大哭起來襲人知他心裡别的猶可獨有晴雯是第一件大事乃勸道哭也不中用你起來我告訴你晴雯已經好了他這一家去倒心淨養幾天你果然捨不得他等太太氣消了你再求老太太慢慢的叫進來也不難太太不過偶然聽了别人的閒言在氣頭上罷了寶玉道我究竟不知晴雯犯了什麼迷天大罪襲人道太太只嫌他生的太好了未免輕狂些太太是深知這樣美人是的人心裡是不能安靜的所以狠嫌他像我們這粗粗笨笨的倒好寶玉道美人是的心裡就不安靜麼你

那裡知道古來美人安靜的多着呢這也罷了偺們私自頑話怎麼也知道了又沒外人走風這可奇怪了襲人道你有什麼忌諱的一時高興你就不管有人沒人了我也曾使過眼色也曾遞過暗號被那人知道了你還不覺寶玉道怎麼人人的不是太太都知道了單不挑出你和麝月秋紋來襲人聽了這話心內一動低頭半日無可回答因便笑道正是呢若論我們也有頑笑不留心的去處怎麼太太竟忘了想是還有别的事等完了再發放我們也未可知寶玉笑道你是頭一個出了名的至善至賢的人他兩個又是你陶冶教育的焉得有什麼該罰之處只是芳官尚小過於伶俐些未免倚強壓倒了人惹人厭

四兒是我悞了他還是那年我和你拌嘴的那日起叫上來做細活的衆人見我待他好未免奪了地位也是有的故有今日只是晴雯也是和你們一樣從小兒在老太太屋裡過來的雖生的比人强些也沒什麽妨碍着誰的去處就只是他的性情爽利口角鋒芒竟也沒見他得罪了那一個可是你說的想是他過於生得好了反被這個好帶累了說畢復又哭起來襲人細揣此話只是寳玉有疑他之意竟不好再勸因嘆道天知道罷了此時也查不出人來了白哭一會子也無益了寳玉冷笑道原是想他自幼嬌生慣養的何嘗受過一日委屈如今是一盆纔透出嫩箭的蘭花送到猪圈裡去一般况又是一身重病

裡頭一肚子悶氣他又沒有親爹熱娘只有一個醉泥鰌姑舅哥哥他這一去那裡還等得一月半月再不能見一面兩面的了說着越發心痛起來襲人笑道可是你自許州官放火不許百姓點燈我們偶說一句妨碍的話你就說不吉利你如今好好的咒他就該的了寳玉道我不是妄口咒人今年春天已有兆頭的襲人忙問何兆寳玉道這堦下好好的一株海棠花竟無故死了半邊我就知道有壞事果然應在他身上襲人聽了又笑起來說我要不說又掌不住你也太婆婆媽媽的了這樣的話怎麽是你讀書的人說的寳玉嘆道你們那裡知道不但草木凡天下有情有理的東西也和人一樣得了知己便極有

靈驗的若用大題目比就像孔子廟前的檜樹墳前的蓍草諸葛祠前的柏樹岳武穆墳前的松樹這都是堂堂正大之氣千古不磨之物世亂他就枯乾了世治他就茂盛了凡千年枯了又生的幾次這不是應兆麼若是小題目比就像楊太真沈香亭的木芍藥端正樓的相思樹王昭君墳上的長青草難道不也有靈驗所以這海棠亦是應著人生的襲人聽了這篇痴話又可笑又可嘆因笑道真真的這話越發說上我的氣來了那晴雯是個什麼東西就費這樣心思比出這些正經人來還有一說他總好也越不過我的次序去就是這海棠也該先來比我也還輪不到他想是我要死的了寶玉聽說忙掩他的嘴勸道這

是何苦一個未是你又這樣起來罷了再別提這事別弄的去了三個又饒上一個襲人聽說心下暗喜道若不如此也沒個了局寶玉又道我還有一句話要和你商量不知你肯不肯現不他的東西是瞞上不瞞下悄悄的送還他去再或有偺們網日積攢下的錢拿幾吊出去給他養病也是你姊妹好了一場襲人聽了笑道你太把我看得忒小器又沒人心了這話還等你說我纔把他的衣裳各物已打點下了放在那裡如今白日裡人多眼雜又恐生事且等到晚上悄悄的叫宋媽給他拿去我還有攢下的幾吊錢也給他去寶玉聽了點點頭兒襲人笑道我原是久已出名的賢人連這一點子好名還不會買去不

成寶玉聽了他方纔說的又陪笑撫慰他怕他寒了心晚間果遣宋媽送去寶玉將一切人穩住便獨自得便到園子後角門央一個老婆子帶他到晴雯家去先這婆子百般不肯只說怕人知道回了太太我還吃飯不吃飯無奈寶玉死活央告又許他些錢那個婆子方帶了他去卻說這晴雯當日係賴大買的還有個姑舅哥哥叫做吳貴人都叫他貴兒那時晴雯纔得十歲時常賴嬷嬷帶進來賈母見了喜歡故此賴嬷嬷就孝敬了賈母過了幾年賴大又給他姑舅哥哥娶了一房媳婦誰知貴兒一爲胆小老是那媳婦卻倒伶俐又兼有幾分姿色看著貴兒無能爲便每日家打扮的妖妖調調兩隻眼兒水汪汪的招

惹的賴大家人如蠅逐臭漸漸做出些風流勾當來那時晴雯已在寶玉屋裡他便央及了晴雯轉求鳳姐合賴大家的要過來目今兩口兒就在園子後角門外居住伺候園中買辦雜差這晴雯一時被攆出來住在他家那媳婦那裡有心腸照管吃了飯便自去串門子只剩下晴雯一人在外間屋內爬著寶玉命那婆子在外瞭望他獨掀起布簾進來一眼就看見晴雯睡在一領蘆席上幸而被褥還是舊日鋪蓋的心內不知自己怎麽纔好因上來含淚伸手輕輕拉他悄喚兩聲當下晴雯又因着了風又受了哥嫂的歹話病上加病嗽了一日纔矇矓睡了忽聞有人喚他强展雙眸一見是寶玉又驚又喜又悲又痛一

把死攥住他的手哽咽了半日方說道我只道不得見你了接着便嗽個不住寶玉也只有哽咽之分晴雯道阿彌陀佛你來得好且把那茶倒半碗我喝渴了半日叫半個人也叫不着寶玉聽說忙拭淚問茶在那裡晴雯道在爐台上寶玉看時雖有個黑煤烏嘴的吊子也不像個茶壺只得桌上去拿一個碗未到手內先聞得油羶之氣寶玉只得拿了來先拿些水洗了兩次復用自已的絹子拭了聞了聞還有些氣味沒奈何提起壺來斟了半碗看時絳紅的也不大像茶晴雯扶枕道快給我喝一口罷這就是茶了那裡比得僧們的茶呢寶玉聽說先自已嚐了一嚐並無茶味鹹澀不堪只得遞給晴雯只見晴雯如得

了甘露一般一氣都灌下去了寶玉看着眼中淚直流下來連自已的身子都不知爲何物了一面問道你有什麼說的趁着沒人告訴我晴雯嗚咽道有什麼可說的不過是挨一刻是一刻挨一日是一日我已知橫豎不過三五日的光景我就好回去了只是一件我死也不甘心我雖生得比別人好些並沒有私情勾引你怎麼一口死咬定了我是個狐狸精我今兒旣擔了虛名況且沒了遠限不是我說一句後悔的話早知如此我當日說到這裡氣往上咽便說不出來兩手已經氷涼寶玉又痛又急又害怕便歪在席上一隻手攥着他的手一隻手輕輕的給他搥打着又不敢大聲的叫真真萬箭攢心兩三句話時

晴雯纔哭出來寶玉拉着他的手只覺瘦如枯柴腕上猶戴著四個銀鐲因哭道除下來等好了再戴上去罷又說這一病好了又傷好些晴雯拭淚把那手用力拳回擱在口邊狠命一咬只聽咯吱一聲把兩根葱管一般的指甲齊根咬下拉了寶玉的手將指甲擱在他手裡又回手扎掙着連揪帶脫在被窩內將貼身穿着的一件舊紅綾小襖兒脫下遞給寶玉不想虛弱透了的人那裡禁得這麼抖摟早喘成一處了寶玉見他這般已經會意連忙解開外衣將自已的襖兒褪下來蓋在他身上卻把這件穿上不及扣鈕子只用外頭衣裳掩了剛繫腰時只見晴雯睜眼道你扶起我來坐坐寶玉只得扶他那裡扶得起好容易欠起半身晴雯伸手把寶玉的襖兒往自已身上拉寶玉連忙給他披上拖着胳膊伸上袖子輕輕放倒然後將他的指甲裝在荷包裡晴雯哭道你去罷這裡腌臢你那裡受得你的身子要緊今日這一來我就死了也不枉擔了虛名一語未完只見他嫂子笑嘻嘻掀簾進來道好呀你兩個的話我已都聽見了又向寶玉道你一個做主子的跑到下人房裡來做什麼看着我年輕長的俊你敢只是來調戲我麼寶玉聽見嚇得忙陪笑央及道好姐姐快別大聲的他伏侍我一場我私自來瞧瞧他那媳婦兒點着頭兒笑道怨不得人家都說你有情有義兒的便一手拉了寶玉進裡間來笑道你要不叫我嚷這也

容易你只是依我一件事說着便自巳坐在炕沿上把寶玉拉在懷中緊緊的將兩條腿夾住寶玉那裡見過這個心內早突突的跳起來了急得滿面紅脹身上亂戰又羞又愧又怕又惱只說好姐姐別鬧那媳婦也斜了眼兒笑道呸成日家聽見你在女孩兒們身上做工夫怎麽今兒個就發起赸來了寶玉紅了臉笑道姐姐撒開手有話偺們慢慢兒的說外頭有老媽媽聽見什麽意思呢那媳婦那裡肯放笑道我早進來了巳經叫那老婆子去到園門口兒等着呢我等什麽兒是的今日纔等着你了你要不依我我就嚷起來叫裡頭太太聽見了我看你怎麽樣你這麽個人只這麽大膽子兒我剛纔進來了好一會

子在窗下細聽屋裡只你兩個人我只道有些個體巳話兒這麽看起來你們兩個人竟還是各不相擾兒呢我可不能像他那沒傻說着就要動手寶玉急的死往外拽正鬧着只聽牎外有人問道晴雯姐姐在這裡住呢不是那媳婦子也嚇了一跳連忙放了寶玉這寶玉巳經嚇怔了聽不出聲音外邊晴雯聽見他嫂子纏磨寶玉又急又臊又氣一陣虛火上攻早昏暈過去那媳婦連忙答應着出來看不是別人却是柳五兒和他母親兩個抱着一個包袱柳家的拏着幾吊錢悄悄的問那媳婦道這是裡頭襲姑娘叫拏出來給你們姑娘的他在那屋裡呢那媳婦兒笑道就是這個屋子那裡還有屋子那柳家的領着

丫兒剛進門來只見一個人影兒往屋裡一閃柳家的素知這媳婦子不妥只打諒是他的私人看見晴雯睡着了連忙放下帶着五兒便往外走誰知五兒眼尖早已見是寶玉便問他母親道頭裡不是襲人姐姐那裏悄悄兒的找寶二爺呢嗎柳家的道噯喲可是忘了方纔老宋媽說見寶二爺出角門來了門上還有人等着要關園門呢因回頭問那媳婦兒那媳婦兒自已心虛便道寶二爺那裡肯到我們這屋裡来柳家的聽說便要走這寶玉一則怕關了門二則怕那媳婦子進來又纏也顧不得什麼了連忙掀了簾子出來道柳嫂子你等等我一路兒走柳家的聽了倒唬了一大跳說我的爺你怎麼跳了這裡來

了那寶玉也不答言一直飛走那五兒道媽媽你快叫住寶二爺不用忙留神冒冒失失被人碰見倒不好況且纔出來時襲人姐姐已經打發人留了門了說着趕忙同他媽來赶寶玉這裡晴雯的嫂子乾瞅着把個妙人兒走了却說寶玉跑進角門纔把心放下來還是突突亂跳又怕五兒關在外頭眼巴巴瞅着他母女也進來了遠遠聽見裡邊嬤嬤們正查人若再遲一步就關了園門了寶玉進入園中且喜無人知道到了自已房裡告訴襲人只說在薛姨媽家去的也就罷了一時鋪床襲人不得不問今日怎麼睡寶玉道不管怎麼睡罷了原來這一二年來襲人因王夫人看重了他越發自要尊重凡背人之處或

夜晚之間總不與寶玉狹昵較先小時反倒疎遠了雖無大事
辦理然一應針線並寶玉及諸小丫頭出入銀錢衣履什物等
事也甚煩瑣且有吐血之症故近來夜間總不與寶玉同房寶
玉夜間膽小醒了便要喚人因晴雯睡卧驚醒故夜間一應茶
水起坐呼喚之事悉皆委他一人所以寶玉外床只是晴雯睡
着他今去了襲人只得將自己鋪蓋搬來鋪設床外寶玉發了
一晚上的獃襲人催他睡下然後自睡只聽寶玉在枕上長吁
短嘆覆去翻來直至三更已後方漸漸安頓了襲人方放心也
就矇矓睡着沒半盞茶時只聽寶玉叫晴雯襲人忙連聲答應
問做什麽寶玉因要茶吃襲人倒了茶來寶玉乃歎道我近來

叫慣了他却忘了是你襲人笑道他乍來你也曾睡夢中叫我
巳後纔改了的說着大家又睡下寶玉又翻轉了一個更次至
五更方睡去時只見晴雯從外走來仍是往日行景進來向寶
玉道你們好生過罷我從此就別過了說畢翻身就走寶玉忙
叫時又將襲人叫醒襲人還只當他慣了口亂叫却見寶玉哭
了說道晴雯死了襲人笑道這是那裏的話叫人聽着什麽意
思寶玉那裏肯聽恨不得一時亮了就遣人去問信及至亮時
就有王夫人房裏小丫頭叫開前角門傳王夫人的話即時叫
起寶玉快洗臉換了衣裳來因今兒有人請老爺賞秋菊老爺
因喜歡他前兒做的詩好故此要帶了他們去這都是太太的

話你們快告訴去立逼他快來老爺在上屋裡等他們吃麵茶呢環哥兒早來了快快兒的去罷我去叫蘭哥兒去了裡面的婆子聽一句應一句一面扣着鈕子一面開門襲人聽得叩門便知有事一面命人開時自己已起來了聽得這話忙催人來舀了洗臉水催寶玉起來梳洗他自去取衣因思跟賈政出門便不肯拿出十分出色的新鮮衣服來只揀那三等成色的來寶玉此時已無法只得忙忙前來果然賈政在那裡吃茶十分喜悅寶玉請了早安賈環賈蘭二人也都見過賈政命坐吃茶向環蘭二人道寶玉讀書不及你兩個論題聯和詩這種聰明你們皆不及他今日此去未免叫你們做詩寶玉須隨便助他們兩個王夫人自來不曾聽見這等考語真是意外之喜一時

候他父子去了方欲過賈母那邊來時就有芳官等三個乾娘走來回說芳官自前日蒙太太的恩典賞出來了他就瘋了是的茶飯都不吃勾引上藕官蕊官三個人尋死覓活只要鉸了頭髮做尼姑去我只當是小孩子家一時出去不慣也是有的不過隔兩日就好了誰知越鬧越凶打罵著也不怕實在沒法所以來求太太或是依他們去做尼姑去或教導他們一頓賞給別人做女孩兒去罷我們沒這福王夫人聽了道胡說那裡由得他們起來佛門也是輕易進去的麼每人打一頓給他們看還鬧不鬧當下因八月十五日各廟內上供去皆有各廟內

的尼姑來送供尖因曾留下水月庵的智通與地藏庵的圓信住下來回聽得此信就想拐兩個女孩子去做活使喚都向王夫人說府上到底是善人家因太太好善所以感應得這些小姑娘們皆如此雖然說佛門容易難上也要知道佛法平等我佛立願原度一切衆生如今兩三個姑娘既然無父母家鄉又遠他們既經了這富貴又想從小命苦入了風流行次將來知道終身怎麽樣所以苦海回頭立意出家修修來世也是他們的高意太太倒不要阻了善念王夫人原是個善人起先聽見這話諒係小孩子不遂心的話將來熬不得清淨反致獲罪今聽了這兩個拐子的話大近情理且近日家中多故又有邢夫

人遣人過來知會明日接迎春家去住兩日以備人家相看且又有官媒來求說探春等心緒正煩那裡着意在這些小事既聽此言便笑答道你兩個既這等說你們就帶了做徒弟去如何二姑子聽了念一聲佛道善哉善哉若如此可是老人家的陰功不小說畢便稽首拜謝王夫人道既這樣你們問他去若果與心即上來當著我拜了師父去罷這三個女人聽了出去果然將他三人帶來王夫人問之再三他三人已立定主意遂與兩個姑子叩了頭又拜辭了王夫人王夫人見他們意皆決斷知不可強了反倒傷心可憐忙命人來取了些東西來賞了他們又送了兩個姑子些禮物從此芳官跟了水月庵的智通

蕊官藕官二人跟了地藏庵圓信各自出家去了要知後事下回分解

紅樓夢第七十七回終

老學士閒徵姽嫿詞　痴公子杜撰芙蓉誄

話說兩個尼姑領了芳官等去後王夫人便往賈母處來見賈母喜歡便趂便回道寶玉屋裏有個晴雯那個丫頭也大了而且一年之間病不離身我常見他比別人分外淘氣也懶前日又病倒了十幾天叫大夫瞧說是女兒癆所以我就赶着叫他下去了若養好了也不用叫他進來就賞他家配人去也罷了再那幾個學戲的女孩子我也做主放了一則他們都會戲口裏沒輕沒重只會混說女孩兒們聽了如何使得二則他們唱會了戲白放了他們也是應該的況丫頭們也太多若說不彀

使再挑上幾個來也是一樣賈母聽了點頭道這是正理我也正想着如此況晴雯這丫頭我看他甚好言談針線都不及他將來還可以給寶玉使喚的誰知變了王夫人笑道老太太挑中的人原不錯只是他命裏沒造化所以得了這個病俗語又說女大十八變況且有本事的人未免就有些調歪老太太還有什麼不曾經歷過的三年前我也就留心這件事先只取中了他我留心看了去他色色比人強只是不大沉重知大體莫若襲人第一雖說賢妻美妾也要性情和順舉止沉重的更好些襲人的模樣雖比晴雯次一等然放在房裏也算是一二等的況且行事大方心地老實這幾年從未同着寶玉淘氣凡寶

玉十分胡鬧的事他只有死勸的因此品擇了二年一點不錯了我悄悄的把他丫頭的月錢止住我的月分銀子裡批出二兩銀子來給他不過使他自已知道越發小心效好之意且沒有明說一則寶玉年紀尚小老爺知道了又恐說耽悞了書二則寶玉自以為自已跟前的人不敢勸他說他反倒縱性起來所以直到今日纔回明老太太賈母聽了笑道原來這樣如此更好了襲人本來從小兒不言不語我只說是沒嘴的葫蘆既是你深知豈有大錯悞的王夫人又回今日賈政如何誇獎如何帶他們逛去賈母聽了更加喜悅一時只見迎春粧扮了前來告辭過去鳳姐也來請早安伺候早飯又說笑一回賈母歇

晌王夫人便喚了鳳姐問他丸藥可曾配來鳳姐道還不曾呢如今還是吃湯藥太太只管放心我已大好了王夫人見他精神復初也就信了因告訴攆逐晴雯等事又說寶丫頭怎麽私自回家去了你們都不知道我前兒順路都查了一查誰知蘭小子的這一個新進來的奶子也十分的妖調也不喜歡他我說給你大嫂子了好不好叫他各自去罷我因問你大嫂子寶丫頭出去難道你們不知道嗎他說是告訴了他了不兩三日等姨媽病好了就進來姨媽究竟沒什麼大病不過咳嗽腰疼年年是如此的他這去的必有原故不是有人得罪了他了那孩子心重親戚們住一場別得罪了人反不好了鳳姐笑道誰

可好好的得罪着他王夫人道別是寶玉有嘴無心從來沒個忌諱高了興信嘴胡說也是有的鳳姐笑道這可是太太過於操心了若說他出去幹正經事說正經話去却像傻子若只叫他進來在這些姊妹跟前以至於大小的丫頭跟前最有儘讓又恐怕得罪了人那是再不得有人惱他的我想薛妹妹此去必是爲前夜搜檢衆丫頭的緣故他自然爲信不及園裡的人他又是親戚現也有丫頭老婆在內我們又不好去搜檢他恐我們疑他所以多了這個心自已迴避了也是應該避嫌疑的王夫人聽了這話不錯自已遂低頭一想便命人去請了寶釵來分晰前日的事以觧他的疑心又仍命他進來照舊居住寶

釵陪笑道我原要早出去的因姨媽有許多大事所以不便來說可巧前日媽媽又不好了家裡兩個靠得的女人又病所以我趂便去了姨媽今日旣已知道了我正好回明就從今日辭了好搬東西王夫人鳳姐都笑道你太固執了正經再搬進來爲是休爲沒要緊的事反踈遠了親戚寶釵笑道這話說的太重了並沒爲什麼事要出去我爲的是媽媽近來神思比先大減而且夜晚沒有得靠的人統共只我一個人二則如今我哥哥眼看娶嫂子多少針線活計並家裡一切動用器皿尚有未齊備的我也須得幫着媽媽去料理料理姨媽和鳳姐姐都知道我們家的事不是我撒謊再者自我在園裡東南上小角門

子就常開着原是爲我走的保不住出入的人圖省走路也從那裡走又没個人盤查設若從那裡弄出事來豈不兩碍而且我進園裡來睡原不是什麽大事因前幾年年紀都小且家裡没事在外頭不如進來姊妹們在一處頑笑作針線都比在外頭一人悶坐好些如今彼此都大了况姨娘這邊歷年皆遇不遂心之事所以那園子裡倘有一時照顧不到的皆有關係惟有少幾個人就可以少操些心了所以今日不但我决意辭去此外還要勸姨娘如今該减省的就减省些也不爲失了大家的體統據我看園裡的這一項費用也竟可以免的說不得當日的話姨娘深知我家的難道我家當日也是這樣寥落不成

鳳姐聽了這篇話便向王夫人笑道這話依我竟不必强他王夫人點頭道我也無可回答只好隨你的便罷了說話之間只見寶玉已回來了因說老爺還未散恐天黑了所以先叫我們回來了王夫人忙問今日可丢了醜了没有寶玉笑道不但不丢醜拐了許多東西來接着就有老婆子們從二門上小廝手内接進東西來王夫人一看時只見扇子三把扇墜三個筆墨共六匣香珠三串玉縧環三個寶玉說道這是梅翰林送的那是楊侍郎送的這是李員外送的每人一分說着又向懷中取出一個檀香小護身佛來說道這是慶國公單給我的王夫人又問在席何人做何詩詞說畢只將寶玉一分令人拿着同寶玉

環蘭前來見賈母賈母看了喜歡不盡不免又問些話無奈寶玉一心記着晴雯答應完了便說騎馬顛了骨頭疼賈母便說快回房去換了衣服疎散疎散就好了不許睡寶玉聽了便忙進園來當下麝月秋紋已帶了兩個丫頭來等候見寶玉辭了賈母出來秋紋便將墨筆等物拿著隨寶玉進園來寶玉滿口裡說好熱一壁走一面便摘冠解帶將外面的大衣服都脫下來麝月拿著只穿着一件松花綾子夾襖襟內露出血點般大紅褲子來秋紋見這條紅褲是晴雯針線因嘆道真是物在人亡了麝月將秋紋拉了一把笑道這褲子配著松花色襖兒石青靴子越顯出靛青的頭髮雪白的臉來了寶玉在前只粧沒聽見又走了兩步便止步道我要走一走這怎麼好麝月道大白日裡還怕什麼還怕丟了你不成因命兩個小丫頭跟著我們送了這些東西去再來寶玉道好姐姐等一等我再去麝月道我們去了就來兩個人手裡都有東西倒像擺執事的一個捧着文房四寶一個捧着冠袍帶履成個什麼樣子寶玉聽了正中心懷便讓他二人去了他便帶了兩個小丫頭到一塊山子石後頭悄問他二人道自我去了你襲人姐姐打發人去瞧晴雯姐姐沒有這一個答道打發宋媽瞧去了寶玉道回來說什麼小丫頭道回來說晴雯姐姐直着脖子叫了一夜今日早起就閉了眼住了口世事不知只有倒氣的分兒了寶玉忙道一

夜叫的是誰小丫頭道一夜叫的是娘寶玉拭淚道還叫誰小丫頭說沒有聽見叫別人了寶玉道你糊塗想必沒有聽真傍邊那一個小丫頭最伶俐聽寶玉如此說便上來說真個他糊塗又向寶玉說不但我聽的真切我還親自偷着看去來着寶玉聽說忙問怎麼又親自看去小丫頭道我想晴雯姐姐素日和別人不同待我們極好如今他雖受了委屈出去我們不能別的法子救他只親去瞧瞧也不枉素日疼我們一場就是人知道了回了太太打我們一頓也是願受的所以我拚着一頓打偷着出去瞧了一瞧誰知他平生為人聰明至死不變見我去了便睜開眼拉我的手問寶玉那去了我告訴他了他嘆了一口氣說不能見了我就說姐姐何不等一等他回來見一面他就笑道你們不知道我不是死如今天上少了一個花神玉皇爺叫我去管花兒我如今在未正三刻就上任去了寶玉須得未正三刻纔到家只少一刻兒的工夫不能見面世上凡有該死的人閻王勾取了去是差些個小鬼來拿他的魂兒要遲延一時半刻不過燒些紙澆些漿飯那鬼只顧搶錢去了該死的人就可挨磨些工夫我這如今是天上的神仙來請那裡捱得時刻呢我聽了這話竟不大信及進來到屋裡留神看時辰表果然是未正二刻他嚥了氣正三刻上就有人來叫我們說你來了寶玉忙道你不認得字所以不知道這原是有的不但

花有一花神還有總花神但他不知做總花神去了還是單管一樣花神這丫頭聽了一時謅不來恰好這是八月時節園中池上芙蓉正開這丫頭便見景生情忙答道我已曾問他是管什麼花的神告訴我們日後也好供養的他說你只可告訴寶玉一人除他之外不可洩了天機就告訴我說他就是專管芙蓉花的寶玉聽了這話不但不為怪亦且去悲生喜便回過頭來看着那芙蓉笑道此花也須得這樣一個人去主管我就料定他那樣的人必有一番事業雖然超生苦海從此再不能相見了免不得傷感思念因又想雖然臨終未見如今且去靈前一拜也算盡這五六年的情意想畢忙至屋裡正值麝月秋紋

找來寶玉又自穿戴了只說去看黛玉遂一人出園往前次看望之處來意為停柩在內誰知他哥嫂見他一嚥氣便回了進去希圖早些得幾兩發送例銀王夫人聞知便命賞了十兩銀子又命即刻送到外頭焚化了罷女子癆死的斷不可留他哥嫂聽了這話一面得銀一面催人立刻入殮抬往城外化人廠上去了剩的衣裳簪環約有三四百金之數他哥嫂自收了為後日之計二人將門鎖上一同送殯去了寶玉走來撲了一個空站了半天並無別法只得復身進入園中及回至房中甚覺無味因順路來找黛玉不在房裡問其何往丫環們回說往寶姑娘那裡去了寶玉又至蘅蕪苑中只見寂靜無人房內搬出

空空落落不覺吃一大驚纔想起前日聽見寶釵要搬出去只因這兩日工課忙就混忘了這時看見如此纔知道果然搬出怔了半天因轉念一想不如還是和襲人厮混再與黛玉相伴只這兩三個人只怕還是同死同歸想畢仍往瀟湘館來偏黛玉還未回來正在不知所之忽見王夫人的丫頭進來找他說老爺回來了找你呢又得了好題目了快走快走寶玉聽了只得跟了出來到王夫人屋裡他父親已出去了王夫人命人送寶玉至書房裡彼時賈政正與衆幕友們談論尋書之勝又說臨散時忽談及一事最是千古佳談風流儁逸忠義感慨八字皆備倒是個好題目大家要做一首輓詞衆幕賓聽了都

請教係何等妙事賈政乃道當日曾有一位王爵封曰恒王出鎮青州這恒王最喜女色且公餘好武因選了許多美女日習武事令衆美女學習戰攻鬭伐之事內中有個姓林行四的姿色既佳且武藝更精皆呼為林四娘恒王最得意遂超拔林四娘統轄諸姬又呼為姽嫿將軍衆清客都稱妙極神奇竟以姽嫿下加將軍二字反更覺嫵媚風流真絕是奇文也想這恒王也是千古第一風流人物了賈政笑道這話自然如此但更有可奇可嘆之事衆清客都驚問道不知底下有何等奇事賈政道誰知次年便有黃巾赤眉一干流賊餘黨復又烏合搶掠山左一帶恒王意為犬羊之輩不足大舉因輕騎進勦不意賊衆

詭譎兩戰不勝恒王遂被衆賊所戮于是青州城內文武官員各各皆謂王尚不勝你我何爲遂將有獻城之舉林四娘得聞凶信遂聚集衆女將發令說道你我皆向蒙王恩戴天履地不能報其萬一今王既殞身國患我意亦當殞身于下爾等有愿隨者卽同我前往不愿者亦早自散去衆女將聽他這樣都一齊說愿意於是林四娘帶領衆人連夜出城直殺至賊營裡頭衆賊不防也被斬殺了幾個首賊後來大家見是不過幾個女人料不能濟事遂回戈倒兵奮力一陣把林四娘等一個不曾留下倒作成了這林四娘的一片忠心之志後來報至都中天子百官無不歎息想其朝中自然又有人去勦滅天兵一到化爲烏有不必深論只就林四娘一節衆位聽了可羨不可羨衆幕友都嘆道寔在可羨可奇寔是個妙題原該大家輓一輓纔是說着早有人取了筆硯按賈政口中之言稍加改易了幾個字便成了一篇短序遞給賈政看了賈政道不過如此他們那裡已有原序昨日內又奉恩旨着察核前代以來應加褒奬而遺落未經奏請各項人等無論僧尼乞丐女婦人等有一事可嘉卽行彙送履歷至禮部備請恩奬所以他這原序也送往禮部去了大家聽了這新聞所以都要做一首姽嫿詞以志其忠義衆人聽了都又笑道這原該如此只是更可羨者本朝皆係千古未有之曠典可謂聖朝無闕事了賈政點頭道正是說話

間寶玉賈環賈蘭俱起身來看了題目賈政命他三人各弔一首誰先做成者賞佳者額外加賞賈環賈蘭二人近日當着許多人皆做過幾首了胆量愈壯今看了題目遂自去思索一時賈蘭先有了賈環生恐落後也就有了二人皆已錄出寶玉尚自出神賈政與衆人且看他二人的二首賈蘭的是一首七言絕記寫道是

姽嫿將軍林四娘　玉為肌骨鐵為腸

損軀自報恒王後　此日青州土尚香

衆幕賓看了便皆上讚小哥兒十三歲的人就如此可知家學淵深真不誣矣賈政笑道稚子口角也還難為他又看賈環的是首五言律寫道是

紅粉不知愁　將軍意未休

掩啼離繡幕　抱恨出青州

自謂酬王德　誰能復寇仇

好題忠義墓　千古獨風流

衆人道更佳到底大幾歲年紀立意又自不同賈政道倒還不甚大錯終不懇切衆人道這就罷了三爺纔大不多幾歲俱在未冠之時如此用心做去再過幾年怕不是大阮小阮了麼賈政笑道過獎了只是不肯讀書的過失因問寶玉衆人道二爺細心鏤刻定又是風流悲感不同此等的了寶玉笑道這個題

目似不稱近體須得古體或歌或行長篇一首方能懇切衆人聽了都站起身來點頭拍手道我說他立意不同每一題到手必先度其體格宜與不宜這便是老手妙法這題目名曰姽嫿詞且既有了序此必是長篇歌行方合體式或擬溫八叉擊甌歌或擬李長吉會稽歌或擬白樂天長恨歌或擬咏古詞半叙半咏流利飄逸始能盡妙賈政聽說也合了主意遂自提筆向紙上要寫又向寶玉笑道如此甚好你念我寫若不好了我搥你的肉誰許你先大言不慚的寶玉只得念了一句道

恒王好武兼好色

賈政寫了看時搖頭道粗鄙一幕友道要這樣方古究竟不粗

且看他底下的賈政道姑存之寶玉又道

遂教美女習騎射　穠歌艷舞不成歡

列陣挽戈爲自得

賈政寫出衆人都道只這第三句便古樸老健極妙這第四句平叙也最得體賈政道休謬加獎譽且看轉的如何寶玉念道

眼前不見塵沙起　將軍俏影紅燈裡

衆人聽了這兩句便都叫妙好個不見塵沙起又讀了一句俏影紅燈裡用字用句皆入神化了寶玉道

叱咤時聞口舌香　霜矛雪劍嬌難舉

衆人聽了更拍手笑道越發畫出來了當日敢是寶公也在坐

見其嬌而且聞其香不然何體貼至此寶玉笑道閨閣習武任其勇悍怎似男人不問而可知嬌怯之形了賈政道還不快續這又有你說嘴的了寶玉只得又想了一想念道

丁香結子芙蓉絛

衆人都道轉蕭韻更妙這纔流利飄逸而且這句子也綺靡秀媚得妙賈政寫了道這一句不好已有過了口舌香嬌難舉何必又如此這是力量不加故又弄出這些堆砌貨來唐塞寶玉笑道長歌也須得要些詞藻點綴點綴不然便覺蕭索賈政道你只顧說那些這一句底下如何轉至武事呢若再多說兩句豈不蛇足了寶玉道如此底下一句兜轉煞住想也是得賈政

冷笑道你有多大本領上頭說了一句大開門的散話如今又要一句連轉帶煞豈不心有餘而力不足呢寶玉聽了垂頭想了一想說了一句道

不繫明珠繫寶刀

忙問這一句可還使得衆人拍案叫絕賈政笑道且放着再續寶玉道使得我便一氣聯下去了若使不得索性塗了我再想別的意思出來再另措詞賈政聽了便喝道多話不好了再做便做十篇百篇還怕辛苦了不成寶玉聽了只得想了一會便念道

戰罷夜闌心力怯　脂痕粉漬污鮫綃

賈政道這又是一段了底下怎麽樣寶玉道

明年流寇走山東　强吞虎豹勢如蜂

衆人道好個走字便見得高低了且通何轉的也不板寶玉又念道

王率天兵思剿滅　一戰再戰不成功

腥風吹折隴中麥　日照旌旗虎帳空

青山寂寂水澌澌　正是恒王戰死時

雨淋白骨血染草　月冷黃昏鬼守尸

衆人都道妙極妙極佈置叙事詞藻無不盡美且看如何至四娘必另有妙轉奇句寶玉又念道

紛紛將士只保身　青州眼見皆灰塵

不期忠義明閨閣　憤起恒王得意人

衆人都道鋪叙得委婉賈政道太多了底下只怕累贅呢寶玉又道

恒王得意數誰行　姽嫿將軍林四娘

號令秦姬驅趙女　濃桃艷李臨疆場

綉鞍有淚春愁重　鐵甲無聲夜氣凉

勝負自難先預定　誓盟生死報前王

賊勢猖獗不可敵　柳折花殘血凝碧

馬踐胭脂骨髓香　魂依城郭家鄉隔

星馳時報入京師　誰家兒女不傷悲
天子驚慌愁失守　此時文武皆垂首
何事文武立朝綱　不及閨中林四娘
我爲四娘長嘆息　歌成餘意尚彷徨

念畢衆人都大讚不止又從頭看了一遍賈政笑道雖說幾句到底不大懇切因說去罷三人如放了赦的一般一齊出來各自回房衆人皆無別話不過至晚安歇而已獨有寶玉一心悽楚回至園中猛見池上芙蓉想起小丫環說晴雯做了芙蓉之神不覺又喜歡起來乃看着芙蓉嗟嘆了一會忽又想起死後並未至靈前一祭如今何不在芙蓉前一祭豈不盡了禮想畢

便欲行禮忽又止道雖如此亦不可太草率也須得衣冠整齊奠儀周備方爲誠敬想了一想古人云潢汙行潦蘋蘩蘊藻之賤可以羞王公荐鬼神原不在物之貴賤只在心之誠敬而已然非自作一篇誄文這一段悽慘酸楚竟無處可以發洩了因用晴雯素日所喜之冰鮫縠一幅楷字寫成名曰芙蓉女兒誄前序後歌又備了晴雯素喜的四樣吃食于是黃昏人靜之時命那小丫頭捧至芙蓉前先行禮畢將那誄文即掛于芙蓉枝上乃泣涕念曰

維太平不易之元。蓉桂競芳之月。無可奈何之日。怡紅院濁玉。謹以羣花之蕊。冰鮫之縠。沁芳之泉。楓露之茗。四者維微聊以達誠申信乃致祭於白帝宮中撫司秋艷芙蓉女兒之前曰竊思女兒自臨人世迄今凡十有六載其先之鄉籍姓氏湮淪而莫能考者久矣而玉得於衾枕櫛沐之間棲息宴遊之夕親暱狎褻相與共處者僅五年八月有奇憶女曩生之昔其爲質則金玉不足喻其貴其爲體則冰雪不足喻其潔其爲神則星日不足喻其精其爲貌則花月不足喻其色姊娣悉慕媖嫻嫗媪咸仰慧德孰料鳩鴆惡其高鷹鷙翻遭罦罬薋葹妒其臭茝蘭竟被芟鉏花原自怯豈奈狂飆柳本多愁何禁驟雨偶遭蠱蠆之讒遂抱膏肓之疚故櫻唇紅褪韻吐呻吟杏臉香枯色陳顑頷諑謠謑詬出自屏幃荊棘蓬榛蔓延戶牖既懷幽沉於不盡復含罔屈於無窮高標見嫉閨闈恨比長沙貞烈遭危巾幗慘於雁塞自蓄辛酸誰憐夭折仙雲既散芳趾難尋洲迷聚窟何來卻死之香海失靈槎不獲回生之藥眉黛烟青昨猶我畫指環玉冷今倩誰溫鼎爐之剩藥猶存襟淚之餘痕尚漬鏡分鸞影愁開麝月之奩梳化龍飛哀折檀雲之齒委金鈿於草莽拾翠盒於塵埃樓空鳷鵲徒懸七夕之針帶斷鴛鴦誰續五絲之縷況乃金天屬節白帝司時孤衾有夢空室無人桐階月暗芳魂與倩影同消蓉帳香殘嬌喘共細腰俱絕連天衰草豈獨蒹葭匝地悲

聲無非蟋蟀露階晚砌穿簾不度寒砧雨荔秋垣隔院希聞怨笛芳名未泯簷前鸚鵡猶呼艷質將亡檻外海棠預萎捉迷屏後蓮瓣無聲鬥草庭前蘭芳枉待拋殘綉線銀箋綵袖誰裁褶斷冰絲金斗御香未熨昨承嚴命既趍車而遠陟芳園今犯慈威復拄杖而遣拋孤柩及聞槥棺彼燹頓違共穴之情石槨成灾愧逮同灰之誚爾乃西風古寺淹滯青燐落日荒坵零星白骨楸榆颯颯蓬艾蕭蕭隔霧壙以啼猿遶烟塍而泣鬼豈道紅綃帳裡公子情深始信黃土隴中女兒命薄汝南斑斑淚血灑向西風梓澤默默餘衷訴憑冷月嗚呼固鬼蜮之為災豈神靈之有妬毀

詖奴之口討豈從寬剖悍婦之心忿猶未釋在卿之塵緣雖淺而玉之鄙意尤深因蓄惓惓之思不禁諄諄之問始知上帝垂旌花宮待詔生儕蘭蕙死轄芙蓉聽小婢之言似涉無稽據濁玉之思深為有據何也昔葉法善攝魂以撰碑李長吉被詔而為記事雖殊其理則一也故相物以配才苟非其人惡乃濫乎始信上帝委托權衡可謂至洽至協庶不負其所秉賦也因希其不昧之靈或陟降於茲特不揣鄙俗之詞有污慧聽乃歌而招之曰天何如是之蒼蒼兮乘玉虬以遊乎穹窿耶地何如是之茫茫兮駕瑤象以降乎泉壤耶望繖蓋之陸離兮抑箕尾之光耶列羽

葆而為前導兮衛危虛於傍耶驅豐隆以為庇從兮望舒月以臨耶聽車軌而伊軋兮御鸞鷖以征耶聞馥郁而飄然兮紉蘅杜以為佩耶斕裙裾之爍爍兮鏤明月以為璫耶藉葳蕤而成壇畤兮檠蓮焰以燭蘭膏耶文瓠瓟以為觶斝兮灑醽醁以浮桂醑耶瞻雲氣而凝睇兮彷彿有所覘耶俯波痕而屬耳兮恍惚有所聞耶期汗漫而無際兮捐棄予於塵埃耶倩風廉之為余驅車兮冀聯轡而攜歸耶余中心為之慨然兮徒噭噭而何為耶卿偃然而長寢兮豈天運之變於斯耶既窀穸且安穩兮反其真而又奚化耶余猶桎梏而懸附兮靈格余以嗟來耶來兮止兮卿其來耶若夫鴻濛而居寂靜以處雖臨于茲余亦莫覩搴

烟蘿而為步障列蒼蒲而森行伍警柳眼之貪眠釋蓮心之味苦素女約于桂岩宓妃迎於蘭渚弄玉吹笙寒簧擊敔徵嵩嶽之妃啟驪山之姥龜呈洛浦之靈獸作咸池之舞潛赤水兮龍吟集珠林兮鳳翥爰格爰誠匪簠匪簋發軔乎霞城還旌乎元圃既顯微而若通復氤氳而倏阻離合兮烟雲空濛兮霧雨塵霾斂兮星高溪山麗兮月午何心意之怦怦若寤寐之栩栩余乃欷歔悵怏泣涕徬徨人語兮寂歷天籟兮篔簹鳥驚散而飛魚唼喋以響誌哀兮是禱成禮兮期祥嗚呼哀哉尚饗

請畢遂焚帛奠茗依依不捨小丫鬟催至再四方纔回身忽聽山石之後有一人笑道且請留步二人聽了不覺大驚那小丫鬟回頭一看却是個人影兒從芙蓉花裡走出來他便大叫不好有鬼晴雯真來顯魂了唬得寶玉也忙看時究竟是人是鬼

下回分解

紅樓夢第七十八回終

紅樓夢第七十九回

薛文龍悔娶河東吼　賈迎春悞嫁中山狼

說話寶玉纔祭完了晴雯只聽花陰中有個人聲倒唬了一跳細看不是別人卻是黛玉滿面含笑口內說道好新奇的祭文可與曹娥碑並傳了寶玉聽了不覺紅了臉笑答道我想着世上這些祭文都過於熟爛了所以改個新樣原不過是我一時的頑意兒誰知被你聽見了有什麽大使不得的何不改削改削黛玉道原稿在那裡倒要細細的看看長篇大論不知說的是什麽只聽見中間兩句什麽紅綃帳裡公子情深黃土隴中女兒命薄這一聯意思卻好只是紅綃帳裡未免俗濫些放着

現成的真事爲什麽不用寶玉忙問什麽現成的真事黛玉笑道偺們如今都係霞彩紗糊的窗槅何不說茜紗牕下公子多情呢寶玉聽了不禁跌脚笑道好極好極到底是你想得出說得出可知天下古今現成的好景好事儘多只是我們愚人想不出來罷但只一件雖然這一改新妙之極卻是你在這裡住著還可已我實不敢的當說着又連說不敢黛玉笑道何妨我的窗卽可爲你之窗何必如此分晰也太生疏了古人異姓陌路尚然肥馬輕裘敝之有憾何況偺們寶玉笑道論交道不在肥馬輕裘卽黃金赤璧亦不當錙銖較量倒是這唐突閨閣上頭卻萬萬使不得的如今我索性將公子女兒改去竟算是你

誄他的倒妙况且素日你又待他甚厚所以寧可棄了這一篇文萬不可棄這茜紗新句莫若改作茜紗窗下小姐多情黃土隴中丫鬟薄命如此一改雖與我不涉我也慨懷黛玉笑道他又不是我的丫頭何用此話况且小姐丫鬟亦不典雅等得紫鵑死了我再如此說還不筭遲呢寶玉聽了笑道這是何苦又咒他黛玉笑道是你要咒的並不是我說的寶玉道我又有了這一改恰就妥當了莫若說茜紗窗下我本無緣黃土隴中卿何薄命黛玉聽了忽然變色雖有無限狐疑外面卻不肯露出反連忙含笑點頭稱妙說果然改得好再不必亂改了快去幹正經事罷剛纔太太打發人叫你說明兒一早過大舅母那邊

去呢你二姐姐已有人家說準了所以叫你們過去呢寶玉忙道何必如此忙我身上也不大好明兒還未必能去呢黛玉道又來了我勸你把脾氣改改罷一年大二年小一面說話一面咳嗽起來寶玉忙道這裡風冷偺們只顧站着凉着呢可不是頑的快回去罷黛玉道我也家去歇息了明兒再見罷說着便自取路去了寶玉只得悶悶的轉步忽想起黛玉無人隨伴忙命小丫頭子跟送回去自己到了怡紅院中果有王夫人打發嬷嬷們來吩咐他明日一早過賈赦這邊來方纔與黛玉之言相對原來賈赦已將迎春許與孫家了這孫家乃是大同府人氏祖上係軍官出身乃當日寧榮府中之門生筭來亦係至交

如今孫家只有一人在京現襲指揮之職此人名喚孫紹祖生得相貌魁梧體格健壯弓馬嫻熟應酬權變年紀未滿三十且又家資饒富現在兵部候缺題陞因未曾娶妻賈赦見是世交子侄且人品家當都相稱合遂擇為東床嬌婿亦曾回明賈母賈母心中卻不大願意但想兒女之事自有天意況且他親父主張何必出頭多事因此只說知道了三字餘不多及賈政又深惡孫家雖是世交不過是他祖父當日希慕寧榮之勢有不能了結之事挽拜在門下的並非詩禮名族之裔因此倒勸諫過兩次無奈賈赦不聽也只得罷了寶玉卻未曾會過這孫紹祖一面的次日只得過去聊以塞責只聽見那娶親的日子甚近不過今年就要過門的又見邢夫人等回了賈母將迎春接出大觀園去越發掃興每每痴痴呆呆的不知作何消遣又聽說要陪四個丫頭過去更又跌足道從今後這世上又少了五個清淨人了因此天天到紫菱洲一帶地方徘徊瞻顧見其軒窗寂寞屏帳翛然不過只有幾個該班上夜的老嫗再看那岸上的蓼花葦葉也都覺搖搖落落似有追憶故人之態迥非素常逞妍鬥色可比所以情不自禁乃信口吟成一歌曰

池塘一夜秋風冷　吹散芰荷紅玉影
蓼花菱葉不勝悲　重露繁霜壓纖梗
不聞永晝敲棋聲　燕泥點點污棋枰

古人惜別憐朋友　况我今當手足情

寶玉方纔吟罷忽聞背後有人笑道你又發什麽獃呢寶玉回頭忙看是誰原來是香菱寶玉忙轉身笑問道我的姐姐你這會子跑到這裡來做什麽許多日子也不進來逛逛香菱拍手笑嘻嘻的說道我何曾不要來如今你哥哥回來了那裡比先時自由自在的了纔剛我們太太使人找你鳳姐姐去竟沒有找着說往園子裡來了我聽見這個話我就討了這個差進來我他遇見他的丫頭說在稻香村呢如今我往稻香村去誰知又遇見了你我還要問你襲人姐姐這幾日可好怎麽忽然把個晴雯姐姐也沒了到底是什麽病二姑娘搬出去的好快你瞧瞧這地方一時間就空落落的了寶玉只有一味答應又讓他同到怡紅院去吃茶香菱道此刻竟不能等找着璉二奶奶說完了正經話再來寶玉道什麽正經話這般忙香菱道爲你哥哥娶嫂子的話所以要緊寶玉道正是說的是那一家的好只聽見吵嚷了這半年今兒又說張家的好明兒又要李家的後兒又議論王家的這些人家的女兒他也不知造了什麽罪叫人家好端端的議論香菱道如今定了可以不用拉扯別人家了寶玉問道定了誰家的香菱道因你哥哥上次出門時順路到了個親戚家去這門親原是老親且又和我們是同在戶部掛名行商也是數一數二的大門戶前日說起來時你們

兩府都也知道的合京城裡上至王候下至買賣人都稱他家是桂花夏家寶玉忙笑道如何又稱為桂花夏家香菱道本姓夏非常的富貴其餘田地不用說單有幾十頃地種着桂花凡這長安城裡城外桂花局俱是他家的連宮裡一應陳設盆景亦是他家貢奉因此纔有這個混號如今太爺也沒了只有老奶奶帶着一個親生的姑娘過活也並沒有哥兒弟兄可惜他竟一門盡絕了寶玉忙道偺們也別管他絕後不絕後只是這姑娘可好你們大爺怎麽就中意了香菱笑道一則是天緣二來是情人眼裡出西施當年時又通家來往從小兒都在一處頑過叙親是姑舅兄妹又沒嫌疑雖離了這幾年前兒一到他家夏奶奶又是沒兒子的一見了你哥哥出落的這麽又是哭又是笑竟比見了兒子的還勝又令他兄妹相見誰知這姑娘出落的花朵似的了在家裡也讀書寫字所以你哥哥當時就一心看準了連當舖裡老夥計們一羣人遭擾了人家三四日他們還留多住幾天好容易苦辭纔放回家你哥哥一進門就咕咕唧唧求我們太太去求親我們太太原是見過的又且門當戶對也依了和這裡姨太太鳳姑娘商議了打發人去一說就成了只是娶的日子太急所以我們忙亂的狠我也巴不得早些過來又添了一個做詩的人了寶玉冷笑道雖如此說但只我倒替你擔心慮後呢香菱道這是什麽話我倒不懂

了寶玉笑道這有什麼不懂的只怕再有個人來薛大哥就不肯疼你了香菱聽了不覺紅了臉正色道這是怎麼說素日咱們都是斯抬斯敬今日忽然提起這些事來怪不得人人都說你是個親近不得的人一面說一面轉身走了寶玉見他這樣便悵然如有所失獃獃的站了半日只得沒精打彩還入怡紅院來一夜不曾安睡種種不寧次日便懶進飲食身體發熱也因近日抄揀大觀園逐司棋別迎春悲晴雯等羞辱驚恐悲悽所致兼以風寒外感遂致成疾臥床不起賈母聽得如此天天親來看視王夫人心中自悔不合因晴雯過於逼責了他心中雖如此臉上却不露出只吩咐衆奶娘等好生伏侍看守一日

兩次帶進醫生來胗脉下藥一月之後方纔漸漸的痊愈好生保養過百日方許動葷腥油麵方可出門行走這百日內院門前皆不許到只在屋裡頑笑四五十天後就把他拘的火星亂迸那裡忍耐的住雖百般設法無奈賈母王夫人執意不從也只得罷了因此和些丫鬟們無所不至恣意耍笑又聽得薛蟠那裡擺酒唱戲熱鬧非常已娶親入門聞得這夏家小姐十分俊俏也略通文翰寶玉恨不得就過去一見纔好再過些時又聞得迎春出了閣寶玉思及當時姊妹耳鬢斯磨從今一別縱得相逢必不得似先前這等親熱了眼前又不能去一望真令人悽惶不盡少不得潛心忍耐暫同這些丫鬟們私鬧釋悶幸

免賈政責備逼迫讀書之難這百日內只不曾拆毀了怡紅院和這些丫頭們無法無天凡世上所無之事都頑耍出來如今且不消細說且說香菱自那日搶白了寶玉之後自為寶玉有意唐突從此倒要遠避他些纔好因此以後連大觀園也不輕易進來了日日忙亂著薛蟠娶過親因為得了護身符自巳身上分去責任到底比這樣安靜些二則又知是個有才有貌的佳人自然是典雅和平的因此心裡盼過門的日子比薛蟠還急十倍呢好容易盼得一日娶過來他便十分殷勤小心伏侍原來這夏家小姐今年方十七歲生得亦頗有姿色亦頗識得幾個字若論心裡的邱壑涇渭頗步熙鳳的後塵只吃虧了一件從小時父親去世的早又無同胞兄弟寡母獨守此女嬌養溺愛不啻珍寶凡女兒一舉一動他母親皆百依百順因此未免釀成個盜跖的情性自尸尊若菩薩他人穢如糞土外具花柳之姿內秉風雷之性在家裡和丫鬟們使性賭氣輕罵重打的今兒出了閣自為要作當家的奶奶比不得做女兒時靦腆溫柔須要拿出威風來纔鈐壓得住人況且見薛蟠氣質剛硬舉止驕奢若不趁熱竈一氣炮製將來必不能自豎旗幟矣又見有香菱這等一個才貌俱全的愛妾在室越發添了宋太祖滅南唐之意因他家多桂花他小名就叫做金桂他在家時不許人口中帶出金桂二字來凡有不留心誤道一字者他便定

要苦打重罰纔罷他因想桂花二字是禁止不住的須得另換一名想桂花曾有廣寒嫦娥之說便將桂花改爲嫦娥花又寓自己身分如今薛蟠本是個憐新棄舊的人且是有酒膽無飯力的如今得了這一個妻子正在新鮮興頭上凡事未免儘讓他些那夏金桂見是這般形景便也試着一步緊似一步一月之中二八氣槩都還相平至兩月之後便覺薛蟠的氣槩漸次的低矮了下去一日薛蟠的酒後不知要行何事先和金桂商議金桂執意不從薛蟠便忍不住便發了幾句話賭氣自行了金桂便哭的如醉人一般茶湯不進粧起病來請醫療治醫生又說氣血相逆當進寬胸順氣之劑薛姨媽恨得罵了薛蟠一

頓說如今娶了親眼前抱兒子了還是這麼胡鬧人家鳳凰似的好容易養了一個女兒比花朶兒還輕巧原看的你是個人物纔給你做媳婦你不說收了心安分守已一心一計和和氣氣的過日子還是這麼胡鬧喝了黃湯折磨人家這會子花錢吃藥白遭心一夕話說的薛蟠後悔不迭反來安慰金桂金桂見婆婆如此說越發得了意更粧出些張致來不理薛蟠薛蟠沒了主意惟有自軟而已好容易十天半月之後纔漸漸的哄轉過金桂的心來自此便加一倍小心氣槩不免又矮了半截下來那金桂見丈夫旗纛漸倒婆婆良善也就漸漸的持戈試馬先時不過挾制薛蟠後來倚姣作媚將及薛姨媽後將至寶

釵寶釵久察其不軌之心每每隨機應變暗以言語彈壓其志金桂知其不可犯便欲尋隙苦得無隙可乘倒只好曲意俯就一日金桂無事閒和香菱閒談問香菱家鄉父母香菱皆答忘記金桂便不悅說有意欺瞞了他因問香菱二字是誰起的香菱便答道姑娘起的金桂冷笑道人人都說姑娘通只這一個名字就不通香菱忙笑奶奶若說姑娘不通奶奶沒合姑娘講究過說起來咱的學問連咱們姨老爺常時還誇的呢欲知香菱說出何話且聽下回分解

紅樓夢第七十九回終

紅樓夢第八十回

美香菱屈受貪夫棒　王道士胡謅妬婦方

話說金桂聽了將脖項一扭嘴唇一撇鼻孔裡哧哧兩聲冷笑道菱角花開誰見香來若是菱角香了正經那些香花放在那裡可是不通之極香菱道不獨菱花香就連荷葉蓮蓬都是有一般清香的但他原不是花香可比若靜日靜夜或清早半夜細領畧了去那一股清香比是花都好聞呢就連菱角鷄頭葦葉蘆根得了風露那一股清香也是令人心神爽快的金桂道依你說這蘭花桂花倒香的不好了香菱說到熱鬧頭上忘了忌諱便接口道蘭花桂花的香又非別的香可比一句未完金

桂的丫鬟名喚寶蟾的忙指着香菱的臉說道你可要死你怎麼叫起姑娘的名字來香菱猛省了反不好意思忙陪笑說一時順了嘴奶奶別計較金桂笑道這有什麼你也太小心了但只是我想這個香字到底不妥意思要換一個字不知你服不服香菱笑道奶奶說那裡話此刻連我一身一體俱是奶奶的何得換一個名字反問我服不服叫我如何當得起奶奶說那一個字好就用那一個金桂冷笑道你雖說得是只怕姑娘多心香菱笑道奶奶原來不知當日買了我時原是老太太使喚的故此姑娘起了這個名字後來伏侍了爺就與姑娘無涉了如今又有了奶奶越發不與姑娘相干且姑娘又是極明白的

人如何惱得這些呢金桂道旣這樣說香字竟不如秋字妥當菱角菱花皆盛於秋豈不比香字有來歷些香菱笑道就依奶奶這樣罷了自此後遂改了秋字寶釵亦不在意只因薛蟠是天性得隴望蜀的如今娶了金桂又見金桂的丫頭寶蟾有三分姿色舉止輕浮可愛便時常要茶要水的故意撩逗他寶蟾雖亦解事只是怕金桂不敢造次且看金桂的眼色金桂亦覺察其意想着正要擺佈香菱無處尋隙如今他旣看上寶蟾我且捨出寶蟾與他他一定就和香菱疎遠了我再乘他疎遠之時擺佈了香菱那時寶蟾原是我的人也就好處了打定了主意俟機而發這日薛蟠晚間微醺又命寶蟾倒茶來吃薛蟠接碗時故意揑他的手寶蟾又喬粧躲閃連忙縮手兩下失悞豁啷一聲茶碗落地潑了一身一地的茶薛蟠不好意思佯說寶蟾不好生拿着寶蟾說姑爺不好生接金桂冷笑道兩個人的腔調兒都殼使的了別打諒誰是傻子薛蟠低頭微笑不語寶蟾紅了臉出去一時安歇之時金桂便故意的攆薛蟠別處去睡省的得了饞癆是的薛蟠只是笑金桂道要做什麽和我說別偷偷摸摸的不中用薛蟠聽了仗著酒盖臉就勢跪在被上拉着金桂笑道好姐姐你若把寶蟾賞了我你要怎樣就怎樣你要活人腦子也弄來給你金桂笑道這話好不通你愛誰說明了就收在房裡省得別人看着不雅我可要什麽呢薛蟠得

了道話喜的稱謝不盡是夜出盡丈夫之道竭力奉承金桂次日也不出門只在家中廝鬧越發放大了膽了至午後金桂故意出去讓個空兒與他二人薛蟠便拉拉扯扯的起來寶蟾心裡也知八九了也就半推半就正要入港誰知金桂是有心等候的料着在難分之際便叫小丫頭子捨兒過來原來這小丫頭也是金桂在家從小使喚的因他自小父母雙亡無人看管便大家叫他做小捨兒專做些粗活金桂如今有意獨喚他來吩咐道你去告訴秋菱到我屋裡將我的絹子取來不必說我說的小捨兒聽了一逕去尋着秋菱說菱姑娘奶奶的絹子忘記在屋裡了你去取了來送上去豈不好秋菱正因金桂近日

每每的挫折他不知何意百般竭力挽回聽了這話忙往房裡來取不防正遇見他二人推就之際一頭撞進去了自已倒羞的耳面通紅轉身迴避不及薛蟠自爲是過了明路的除了金桂無人可怕所以連門也不掩這會子秋菱撞來故雖不十分在意無奈寶蟾素日最是說嘴要强今既遇見秋菱便恨無地可入忙推開薛蟠一逕跑了口內還怨恨不絕說他强姦力逼薛蟠好容易哄得上手却被秋菱打散不免一腔的興頭變做了一腔的惡怒都在秋菱身上不容分說赶出來啐了兩口罵道死娼婦你這會子做什麼來撞屍遊魂秋菱料事不好三步兩步早已跑了薛蟠再來找寶蟾已無踪跡了于是只恨的罵

秋菱至晚飯後已吃得醺醺然洗澡時不防水略熱了些燙了脚便說秋菱有意害他他赤條精光趕着秋菱踢打了兩下秋菱雖未受過這氣苦既到了此時也說不得了只好自悲自怨各自走開彼時金桂已暗和寶蟾說明今夜令薛蟠在秋菱房中去成親。命秋菱過來陪自己安睡。先是秋菱不肯金桂說他嫌腌臢了再必是圖安逸怕夜裡伏侍勞動又罵說你沒見世面的主子見一個愛一個把我的霸佔了去又不叫你來到底是什麼主意想必是逼死我就能了薛蟠聽了這話又怕鬧黄了寶蟾之事忙又赶來罵秋菱不識擡舉再不去就要打了秋菱無奈只得抱了鋪蓋來金桂命他在地下鋪著睡秋菱只得依命剛睡下便叫倒茶一時又要搥腿如是者一夜七八次總不使其安逸穩臥片時那薛蟠得了寶蟾如獲珍寶一槩都置之不顧恨得金桂暗暗的發恨道且叫你樂幾天等我慢慢的擺弄了他那時可別怨我一面隱忍一面設計擺弄秋菱半月光景忽又粧起病來只說心痛難忍四肢不能轉動療治不效衆人都說是秋菱氣的鬧了兩天忽又從金桂枕頭內抖出個紙人來上面寫着金桂的年庚八字有五根針釘在心窩並肋肢骨縫等處于是衆人當作新聞先報與薛姨媽薛姨媽先忙手忙脚的薛蟠自然更亂起來立刻要拷打衆人金桂道何必冤枉衆人大約是寶蟾的鎮魔法兒薛蟠道他這些時並沒多空兒在你房裡何苦賴好人金桂冷笑道除了他還有誰莫不是我自已害自已不成雖有別人如何敢進我的房呢薛蟠道秋菱如今是天天跟着你他自然知道先拷問他就知道了金桂冷笑道拷問誰誰肯認依我說竟裝個不知道大家丟開手罷了橫竪治死我也沒什麼要緊樂得再娶好的若據良心上說左不是你三個多嫌我一面說著一面痛哭起來薛蟠更被這些話激怒順手抓起一根門閂來一逕搶步找著秋菱不容分說便劈頭劈臉渾身打起來一口只咬定是秋菱所施秋菱叫屈薛姨媽跑來禁喝道不問明白就打起人來了這丫頭伏侍這幾年那一時不小心他豈肯如今做這沒良心的事你且

問個清渾皂白再動粗鹵金桂聽見他婆婆如此說怕薛蟠心軟意活了便潑聲浪氣大哭起來說這半個多月把我的寶蟾霸佔了去不容進我的房惟有秋菱跟着我睡我要拷問寶蟾你又護在頭裡你這會子又賭氣打他去治死我再揀富貴的標緻的娶來就是了何苦做出這些把戲來薛蟠聽了這些話越發着了急薛姨媽聽見金桂句句挾制着兒子百般惡賴的樣子十分可恨無奈兒子偏不硬氣已是被他挾制軟慣了如今又勾搭上了頭被他說霸佔了去自已還要占溫柔讓夫之禮這魘魔法究竟不知誰做的正是俗語說的好清官難斷家務事此時正是公婆難斷床幃的事了因無法只得賭氣喝薛

蟠說不爭氣的孽障狗也比你體面些誰知你三不知的把陪
房丫頭也摸索上了叫老婆說覇佔了丫頭什麽臉出去見人
也不知誰使的法子也不問清就打人我知道你是個得新棄
舊的東西白辜負了當日的心他旣不好你也不該打我卽刻
叫人牙子來賣了他你就心淨了氣着又命秋菱收拾了東西
跟我來一面叫人去快叫個人牙子來多少賣幾兩銀子拔去
肉中刺眼中釘大家過太平日子薛蟠見母親動了氣早已低
了頭金桂聽了這話便隔着窗子往外哭道你老人家只管賣
人不必說着一個拉着一個的我們很是那吃醋拈酸容不得
下人的不成怎麽拔去肉中刺眼中釘是誰的釘誰的刺但凡

多嫌着他也不肯把我的丫頭也收在房裏了薛姨媽聽說氣
得身戰氣咽道這是誰家的規矩婆婆在這裏說話媳婦隔着
窗子拌嘴虧你是舊人家的女兒滿嘴裏大呼小喊說的是什
麽薛蟠急得跺脚說罷喲罷喲看人家聽見笑話金桂意謂一
不做二不休越發喊起來了說我不怕人笑話你的小老婆治
我害我倒怕人笑話了再不然留下他賣了我誰還不知道薛
家有錢行動拿錢墊人又有好親戚挾制着別人你不趁早施
爲還等什麽嫌我不好誰叫你們瞎了眼三求四告的跑了我
們家做什麽去了一面哭喊一面自己拍打薛蟠急得說又不
好勸又不好打又不好央告又不好只是出入噯聲嘆氣抱怨

說運氣不好當下薛姨媽被寶釵勸進去了只命人來賣香菱寶釵笑道咱們家只知買人並不知賣人之說媽媽可是氣糊塗了倘或叫人聽見豈不笑話哥哥嫂子嫌他不好留着我使喚我正也没人呢薛姨媽道留下他還是惹氣不如打發了他干淨寶釵笑道他跟着我也是一樣橫竪不叫他到前頭去從此斷絕了他那裡也和賣了的一樣香菱早已跑到薛姨媽跟前痛哭哀求不願出去情愿跟姑娘薛姨媽只得罷了自此後來香菱果跟隨寶釵去了把前面路逕竟自斷絕雖然如此終不免對月傷悲挑燈自嘆雖然在薛蟠房中幾年皆因血分中有病是以並無胎孕今復加以氣怒傷肝内外折挫不堪竟釀

已伏後線

成干血之症日漸羸瘦飲食懶進請醫服藥不效那時金桂又吵鬧了數次薛蟠有時仗着酒膽挺撞過兩次持棍欲打那金桂便遞身叫打這裡持刀欲殺時便伸着脖項薛蟠也實不能下手只得亂了一陣罷了如今已成習慣自然反使金桂越長威風又漸次辱嗔寶蟾寶蟾比不得香菱正是個烈火干柴既和薛蟠情投意合便把金桂放在腦後近見金桂又作踐他他便不肯低服半點先是一冲一撞的拌嘴後來金桂氣急甚至于罵再至於打他雖不敢還手便也撒潑打滚尋死覓活晝則刀剪夜則繩索無所不鬧薛蟠一身難以兩顧惟徘徊觀望十分鬧得無法便出門躲着金桂不發作性氣有時喜歡便糾聚

人來鬧牌擲骰行樂又生平最喜啃骨頭每日務要殺雞鴨將肉賞人吃只單是油炸的焦骨頭下酒吃得不耐煩便肆行海罵說有別的忘八粉頭樂的我為什麽不樂薛家母女總不去理他惟暗裡落淚薛蟠亦無別法惟悔恨不該娶這攪家精都是一時沒了主意於是寧榮二府之人上上下下無有不知無有不嘆者此時寶玉已過了百日出門行走亦曾過來見過金桂舉止形容也不怪厲一般是鮮花嫩柳與衆姊妹不差上下焉得這等情性可為奇事因此心中納悶這日與王夫人請安去又正遇見迎春奶娘來家請安說起孫紹祖甚屬不端姑娘惟有背地裡淌眼淚只要接了家來散蕩兩日王夫人因說我正要這兩日接他去只是七事八事的都不遂心所以就忘了

前日寶玉去了回來也曾說過的明日是個好日子就接他去正說時賈母打發人來找寶玉說明兒一早往天齊廟還愿去寶玉如今巴不得各處去逛逛聽見如此喜的一夜不曾合眼次日一早梳洗穿戴已畢隨了兩三個老嬷嬷坐車出西城門外天齊廟燒香還愿這廟裡已於昨日預備停妥的寶玉天性怯懦不敢近猙獰神鬼之像是以忙忙的焚過紙馬錢糧便退至道院歇息一時吃飯畢衆嬷嬷和李貴等圍隨寶玉到各處頑耍了一回寶玉困倦復回至淨室安歇衆嬷嬷生恐他睡著了便請了當家的老王道士來陪他說話兒這老道士專在江

湖上賣藥弄些海上方治病射利廟外現掛着招牌丸散膏藥色色俱備亦長在寧榮二府走動慣熟都給他起了個混號喚他做王一貼言他膏藥靈驗一貼病除當下王一貼進來寶玉正歪在炕上看見王一貼進來便笑道來的好我聽見說你極會說笑話兒的說一個給我們大家聽聽王一貼笑道正是呢哥兒別睡仔細肚子裡麵觔作怪說着滿屋裡的都笑了寶玉也笑着起身整衣王一貼命徒弟們快沏好茶來焙茗道我們爺不吃你的茶坐在這屋裡還嫌膏藥氣息呢王一貼笑道不當家花拉的膏藥從不拿進屋裡來的知道二爺今日必來三五日頭裡就拿香薰了寶玉道可是呢天天只聽見說你的膏

藥好到底治什麼病王一貼道若問我的膏藥說來話長其中底細一言難盡共藥一百二十味君臣相際温凉兼用內則調元補氣養榮衛開胃口寧神定魄去寒去暑化食化痰外則和血脈舒筋絡去死生新去風散毒其效如神貼過便知寶玉道我不信一張膏藥就治這些病我且問你倒有一種病也貼得好麼王一貼道百病千災無不立效若不效二爺只管揪鬍子打我這老臉拆我這廟何如只說出病源來寶玉道你猜若猜得着便貼得好了王一貼聽了尋思一會笑道這倒難猜只怕膏藥有些不美了寶玉命他坐在身邊王一貼心動便笑着悄悄的說道我可猜着了想是二爺如今有了房中的事情要滋

助的藥可是不是話猶未完焙茗先喝道該死打嘴寶玉猶未
解忙問他說什麽焙茗道信他胡說嘵得王一貼不等再問只
說二爺明說了罷寶玉道我問你可有貼女人的妬病的方子
沒有王一貼聽了拍手笑道這可罷了不但說沒有方子就是
聽也沒有聽見過寶玉笑道這樣還算不得什麽王一貼又忙
道這貼妬的膏藥到沒經過有一種湯藥或者可醫只是慢些
見不能立刻見效的寶玉道什麽湯怎麽吃法王一貼道這叫
做療妬湯用極好的秋梨一個二錢氷糖一錢陳皮水三碗梨
熟爲度每日清晨吃這一個梨吃來吃去就好了寶玉道這也
不值什麽只怕未必見效王一貼道一劑不效吃十劑今日不

效明日再吃今年不效明年再吃橫竪這三味藥都是順肺開
胃不傷人的甜絲絲的又止咳嗽又好吃吃過一百歲人橫竪
是要死的死了還妬什麽那時就見效了說着寶玉焙茗都大
笑不止罵油嘴的牛頭王一貼道不過是閑着解午盹罷了有
什麽關係說笑了你們就值錢告訴你們說連膏藥也是假的
我有真藥我還吃了做神仙呢有眞的跑到這裡來混正說著
吉時已到請寶玉出去奠酒焚化錢糧散福功課完畢寶玉方
進城回家那時迎春已來家好半日孫家婆娘媳婦等人已待
晚飯打發回家去了迎春方哭哭啼啼在王夫人房中訴委屈
說孫紹祖一味好色好賭酗酒家中所有的媳婦丫頭將及淫

遍略勸過兩三次便罵我是醋汁子老婆擰出來的又說老爺曾收着五千銀子不該使了他的如今他來要了兩三次不得便指着我的臉說道你別和我充夫人娘子你老子使了我五千銀子把你準折賣給我的好不好打你一頓攆到下房裡睡去當日有你爺爺在時希冀上我們的富貴趕着相與的論理我和你父親是一輩如今壓着我的頭晚了一輩不該做了這門親倒沒的叫人看着趕勢利是的一行說一行哭的嗚嗚咽咽連王夫人並衆姊妹無不落淚王夫人只得用言解勸說已是遇見不曉事的人可怎麼樣呢想當日你叔叔也曾勸過大老爺不叫做這門親的大老爺執意不聽一心情願到底做不

好了我的兒這也是你的命迎春哭道我不信我的命就這麼苦從小兒沒有娘幸而過嬸娘這邊來過了幾年心淨日子如今偏又是這麼個結果王夫人一面勸一面問他隨意要在那裡安歇迎春道乍乍的離了姊妹們只是眠思夢想二則還惦記着我的屋子還得在園裡住個三五天死也甘心了不知下次來還得住不得住了呢王夫人忙勸道快休亂說年輕的夫妻們鬥牙鬥齒也是泛泛人的常事何必說這些喪話仍命人忙忙的收拾紫菱洲房屋命姊妹們陪伴着解釋又吩咐寶玉不許在老太太跟前走漏一些風聲倘或老太太知道了這些事都是你說的寶玉唯唯的聽命迎春是夕仍在舊館安歇衆

姊妹丫鬟等更加親熱異常一連住了三日纔往邢夫人那邊去先辭過賈母及王夫人然後與衆姐妹分別各皆悲傷不捨還是王夫人薛姨媽等安慰勸釋方止住了過那邊去又在邢夫人處住了兩日就有孫家的人來接去迎春雖不願去無奈孫紹祖之惡勉強忍情作辭去了邢夫人本不在意也不問其夫妻和睦家務煩難只面情塞責而已要知後事下回分解

紅樓夢第八十回終